JN243672

異郷の友人

上田岳弘

新潮社

異郷の友人

吾輩は人間である。人間に関することで、吾輩に無縁であるものは何もないと考えている。名前はまだない。といった状況が三日続いた後に、甲哉という名前がつけられて、吾輩を生み出したつがいの男性側が先祖代々受け継ぐ苗字が山上であったため、吾輩は山上甲哉とあいなった。ぎゃあぎゃあと泣くばかりであった吾輩を女性側があやしてあやして乳やら食い物を与え、吾輩がようやく口を利くようになったのは一年半が過ぎた頃のことだ。

実を言うともっと以前のことも吾輩は憶えている。例えば母体の子宮の中、あの生暖かい羊水の中にぷわりと浮かび、どくどく脈打つへその緒から送られてくる滋養そのものの液体。闇と言うよりは、薄められた白が一面に広がり、視覚聴覚触覚など全てが渾然一体となりただ我ここにありという感覚のみがある頃、ようやっと脳が形成された。さらにその前、感覚器官がぽつぽつ生まれ、それが将来脊髄となる管に引っ付いている状態。人として稼動するのに未熟な段階のこの記憶は、果たしていずこに書き込まれているのか。長いこと吟味してきたが一向にわからない。輪をかけてわからないのが、それより前に遡るのも可能であることだ。胎内にいた頃よりさらに遡れば、今わの際となる。いわゆる前世の記憶というやつだ。あるときは軍人であり、あるときは学者、宗教家だったこともある。吾輩は何度も生まれなおしているのである。亀の甲より年の功とはよく言ったもので、一般の人間より多くの生を繰り返してきた吾輩は、大概の生涯において頭角を現し、歴史に名を刻んできた。

しかし、今回は少しおっとりとやってみようと思っている。これまで吾輩がせねば誰がやる、という義務感に駆られて生き急いできたのだが、今回くらい無名のまま、市井の民としての人生を歩んでみたいのだ。これまでの吾輩や皆の頑張りもあって、此度再び生を享けた日本社会は進歩し、安穏に暮らせるようにもなっている。世界全体を見回しても人口はうなぎ登りで、かえってそれが問題視されるほどである。といって、余所の国は食糧不足や紛争を抱えて窮しているので心は痛む。しかしまあとりあえず、火器の取り扱いにさえ注意しておけば、当分人類が滅亡することはないだろう。だから吾輩は、自分が人並みからはみ出しているところを切り離すことにした。そう決めたのは十八年前、兵庫県は明石市の中学二年生だった頃のことだ。つまり、生まれなおしやら前世の記憶やらはただの妄想ということにする。そのように肝に銘じ、外づらは当世風の「僕」として良識ある振る舞いをする。そうすれば、吾輩は平々凡々たる市民として生きることができる。

と、このような話をネット上に書き込んでみたところ、「中二病克服できてよかったね」や「設定が適当すぎて釣られない」などとあだおろそかな扱いを受けたが、それも至極当然と思う。というのも生まれなおしていることはさておき、吾輩は天才的な記憶力をも有し、前世今生のあらゆる場面が克明に頭の中に入っているのである。それを弁じ立てたところで、吾輩のような素質を持っておらぬ余人にはさっぱり理解できないだろう。これがまた便利な能力で、なにとはなしに過ごした時間のことであっても、「思い出せ」と念じれば現実と寸分違わぬ像が頭の中によみがえる。どうやら通常の人間はこのような才を持ち合わせていないらしい、と気がついたのはどれほど昔のことだろう？　わざわざ思い返すのも面倒なので捨てておくが、ほとんどの人は不明瞭な過去の記憶をぶら下げて日々を生きておられるらしく、下手すると昨日のことすら覚えていないこともあるとのことだった。よくまあそんな曖昧模糊とした状況でやっていけるものだと感心する。

吾輩は類いまれな記憶力を武器に少年の頃は成績優秀であった。試験前に教科書やら参考書やらをぱらぱらめくり、諳んじたままを書き写せばほとんど満点がとれた。それでも設問を読み違えることもあり、前世までに習得した歴史や物理、算術などの知識が誤っていることもしばしばだった。そして高校も二年目以降になると、才能だけで対処することがいよいよ難しくなってきた。また平凡たる市民を志す学生時代の吾輩は、怠惰であることをよしとし、教科書の全頁に目を通す手間も惜しんだため、徐々に成績が下がっていった。これだけの才能を有していながら、吾輩の成績は全国模試でちょうど真ん中あたりだったのだから面目ないことだ。それでも大学受験が近づくと一念発起する。可もなく不可もない人生を過ごしていくためには、それなりの学歴も必要と判断したからだ。受験科目として選んだ三つの科目の参考書や問題集をひたすらめくって頭に入れ、センター試験、本試験と挑んだ結果、五つ受けた内の一つに見事合格し、入学、人並みに大学生活をエンジョイし、就職活動に励んで全国に支店を持つ食品卸会社に職を得ることに成功した。

ものの本によれば、当代人は八十年程度は生きるとのことなので、ようやっと四分の一を過ぎた頃のことだ。そして、吾輩は就職してすぐに配属された東京本社にて十年間働いた後に、人事異動によって札幌支店へ転勤となった。それで生まれてこの方一方的にお世話になっている山上夫妻に別れを告げて、会社の提供する札幌の社宅へと移り住んだ。社宅といっても噂によれば先代の社長の愛人家族を住まわせていた一戸建てとのことで、札幌の中では高級住宅街として知られる宮の森にあった。元々一戸建ての洋館であったところを、それぞれの部屋に水回りを取り付け、完結したワンルームマンションとして使えるように改装したものだ。ベッドルームは全部で五つあり、会社の先輩が二人住んでいた。荷解きを手伝ってもらいながら、吾輩はその先輩方との親交を深め、新人歓迎と称して、連れ立ってススキノのキャバクラに行き、三時間ほど遊んだ。そのようにして吾輩の札幌生活は始まったのであるが、ほどなくしてその牧歌的な暮らしは終了することになる。

山上甲哉

ばんばん、と肩を威勢よく叩かれた。振り返ると親しげな笑みを浮かべた男がそこにいた。札幌の中心部、すすきの駅とさっぽろ駅とのちょうど中間辺りで信号待ちをしていたときのことだった。僕は副支店長とともに札幌でもっとも歴史のある百貨店との商談を終えた帰りだった。副支店長は商談を終えた後、商品部の部長に挨拶をしに行くというので、仕事が残っていた僕は、乾いた雪がぱらぱら降る街に出て社へと歩いていた。

僕の肩を叩いたその男は、灰色のコートを着ており、首に巻いた山吹色のマフラーが全体に暗い色をした街に映えていた。特筆すべきは、前時代的な紳士帽を頭に乗っけていたことだ。その男は僕よりも年上に見えたが、それでも若い頃からの習いで外出時には帽子を被らないと気持ちが悪いんでどうも、というような歳ではなさそうだ。

その男が、

「私だ」

と自信満々に言う。

「はあ」

と生返事をしたが、思い出せない顔だった。

「どこかでお会いしましたな」

と男が続けたところへ、急に風が吹く。山吹色のマフラーがはためき、男は帽子を押さえ表情が見えなくなる。見えるのはゆるい笑みがはりつく口元だけだ。信号が変わって、五、六人の人間がいっせいに歩き出した。若い女性はコートの襟首を、腕を交差させてぎゅっと摑み、風に挑むように前傾姿勢で信号を渡る。信号が変わったというのに、その場で立ち止まっているのは僕と紳士帽の男だけだ。風が強くなるのにあわせるように、雪も強くなる。男が何か言ったが、乱舞する雪に声が吸われて聞こえない。

「ひどい雪だ。いきましょう」

僕が耳を近づけると、紳士帽の男はそう言って、こちらの返事も待たずにもう歩き出している。男の引くキャリーバッグの立てる音も、雪に吸われる。横殴りの風が、山吹色のマフラーを旗みたいに震わせる。僕はその色についていく。

近くのビルのスターバックスに入り、暖房で人心地を得た。男に言われるまま付いて来てしまったものの、果たしてこの男とどこで会ったのだろう?　一度でも会ったことがあるのなら、もの覚えの極めていい僕のことだから忘れているはずがない。でも、この人生で蓄積された情報は三十二年間相当の分量があり、特定するための材料がないと探し当てるのはなかなか大変だ。紳士帽を被る男性を思い返してみるが、その中にこの男の顔はない。男は僕に席で待っているように促し、カウンターでコーヒーを購入する。男が僕に渡したのはカフェミストのトールサイズだ。僕がスターバックスでいつも頼むものであったのは、果たして偶然であるのかどうか。

「なかなかに吹雪きますな」

窓際の席だった。分厚いガラスに遮断された外は男の言うとおりの有り様で、宙を舞う雪に街灯の光が滲んで靄のようだ。

男はふいと外の吹雪から目を外すと、混ぜ棒でコーヒーをかき回しながら口を開く。

「今日は商談の帰りでしょう。この辺りには百貨店が集中していますからな」

男の言うとおり、さっきまで商談で、来月開催される予定の「東北の味覚展」向けに、東北各県のあまり知られていない菓子を「掘り出し名品コーナー」として特設コーナーの一角のスペースで売るという企画を売り込んだところだった。お歳暮商戦は例年以上の冷え込みであったので、なんとしても売上を補塡する必要がある。おそらく今頃、副支店長は商品部の田宮部長を誘い出してそのあたりの落としこみに精を出しているところだろう。副支店長に言わせると、接待の場に僕のような若造はむしろ足手まといなのだそうだ。それにしても、僕の仕事を知っているこの男は、業界の関係者、さてはライバル企業の人間か。ヘッドハンターということはないだろうし。僕の支店は事務員を含めて七名の小所帯であるので、顔を知らない同僚や上司はいない。

分厚い窓ガラスは特殊な加工でもなされているのか、内外の温度差をものともせずからりと曇り一つない。

　窓外の雪を見つめる男は、いつの間にか帽子を取っている。山吹色のマフラーはとぐろみたいにテーブルの隅にぐるぐる巻いて置かれ、脇に置いたキャリーバッグの取っ手に帽子が掛かっている。飛行機の荷物札は昨日の日付で、試される大地であるところのここ北海道には来たばかりの余所者だろう。年の頃は四十代中盤といったところか。髪は薄くはないが、ふさふさしてもいない。固めてもおらず、真面目な高校生みたいに前髪を下ろしているが、眉にかかるまでは伸びていない。太ってはおらず、痩せてもいない。顔は脂じみておらず、むしろ乾燥しているが、額と眉間に染み出るようにして仄かに走る皺が、男の今生に過ぎ去った時を物語っている。これまで僕が出会いまたはすれ違った膨大な数の人間たちの中で、同じ年恰好の男を一人ひとり思い出し、照会していくのも面倒だ。何かとっかかりがあれば、頭の中の記憶と結びつくというものだが。

　そう思ったところへ、おあつらえ向きに、

「以前お会いしましたな」

　と男が言うのである。

「いやあ、大変失礼ながら、いつのことですかね?」

「おや、覚えておいででない?」

「きっかけさえもらえればすぐに正確に思い出せるはずなんですがね。あはは」

男は勿体ぶった顔つきでこちらを見つめたまま、コーヒーカップを持ち上げて形だけ口に含む。喉仏は少しも動かない。

「本当に覚えておいでではない？」

気長な口調はこちらの反応を楽しむようである。

「たぶん、ど忘れしているのだと思います」

「いえいえ。無理もないことかもしれんですな。人は物事を忘れていくものです。かく言う私も、随分色々なものを忘れてまいりました次第で」

と言うが、僕に限って言えばそんなことはない。一度でも意識下においた物事はおろか網膜に映った全ての像が、いつまでも鮮明な状態で貯蔵してあるのだから。ただし精細かつ莫大な記憶を持つだけに、全てを一時に把握できるわけもない。特定の記憶をいちいち手繰り寄せなければならないのは、他の人と同じだ。有用な情報を取り出すのには、むしろ手間取ることの方が多く、今のような窮状に陥ることもしばしばだから参ってしまう。

「ところで、」男が思いついたように言う。「こういうことはありませんですかな？　自分が経験したはずのない風景が頭の中にある。あまりに克明で、現実のものと見紛うほどのリアリティがある。しかし、確実に自分の経験したものではない。頭の中に無理やり差し込まれたような記憶。こういったものについて心あたりはないですかな？」

強引に差し込まれるようにして蓄積される記憶。僕とは確実に関係ないはずの他人の体験。

何故知っているのだ？　僕しか知りえないはずではないか？　僕は男をじっと見る。ひょっとして、この男と会ったのは山上甲哉としてではなく、男が指摘した記憶の中での出来事なのか？　僕は頭をよぎったそんな考えに、しばし呆然とする。男は再び外を見やる。
吹雪は収まりそうにない。

J

Jは元々、四国のごとき形をしたオーストラリアに生まれ住んでいた。成功した舞台演出家の父親と女優の母親がアーティスト的流浪生活を営んでいたために、各地を転々とする子供時代だった。Jは人並みより明らかに多くの出会いと別れを経験した。一匹狼然としていて面倒見がよいわけでもないのに、どこの地にいてもJには何となく人が寄り付いた。まず美男子と言ってよい、金髪碧眼で人好きのする容姿のせいかもしれない。

僕は、明らかに自分ではないこの認識主体をJと呼んでいる。Jは僕と同じ今を生きていて、刻々と記憶が蓄積されていく。僕は前世の記憶を持ち、古来より現在に向けて流れる時間の大海原を一隻の船のごとく渡ってきた、という妄想を抱えているわけだが、今の僕の膨大な記憶の中に、どう考えても自分のものではないものがある。そのことに、ある日僕は突然気がついた。僕が通過していない航路、前世の記憶ですらない他者の生の記憶。それをなぜ知っているのか。まったく、世の中には不思議なことが尽きない。

少年時代のJは利発な努力家で、理想主義者だった。特に、突出した力でもって理不尽に他人の意思を捻じ曲げようとする人間のことを、Jは断固許さないのだった。例えばじゃれあいとも取れるやり方で一人をいびり続ける人気者の少年がいたが、授業中に突如殴りかかり声を発しなくなるまで痛めつけるという、Jの考える最も過激かつ効果的な方法でその影響力を低下させた。何故そんなことをしたいのかはJ自身にもわからず、正義のため、という理由付けは子供心にも筋が通らなかった。まずもって、正しいって何？　俺にそれを決められるの？　はははまさか。むやみに挑みかかるのは正義の実現を望むからではなく、「お前はさほど人心を支配できてはおらず、世の中にはとんでもないモンスター級の人間がいるのであって、お前などこれこのように皆の見ている授業中に俺のような体格の立派ではない子供に襲われ、声もなく撃沈する程度の存在でしかないのだということを知ってほしい」と、あえて言葉にするならこうした情動のせいだった。このような欲求を抑えずにすくすくと育て上げたJは、十六歳の頃に腕のいいハッカーになった。

高校生のJは、名状しがたい欲望に従ってキーを叩く。コマンドラインにURLを打ち込み、当てずっぽうの角度からサーバを何回もノックする。ディレクトリ構造を想像し、サーバを構築した人間や、日々メンテナンスする人間の思考回路をトレースする。Ｊは地元の地方紙のサーバに入り、記者たちが資料を貯めておくプライベートなファイルフォルダを掘り当てた。記事になる当てのないものばかりで、文章の精度も荒い。魚介類の水揚量の推移、地元のマスコットキャラクターの誕生秘話、政策金利と雇用統計の関連性。Ｊは丹念に一つ一つを読んでいく。内容に興味はなくても、世に出ていない作りかけの文章を読む行為自体に、Ｊの心はなぜかしらたかぶっていく。ある文章を見つけ、Ｊの興奮は一際高まった。地元の銀行がＪの所属する高校に対しておこなった不正融資を暴く内容だった。金利が不正に高く設定されており、キックバックとして高校の財務担当者に金が渡ったと書いてある。どこで入手したのか、明細書のコピーまであった。Ｊは新聞社がお蔵入りにしたその記事を自分のＰＣへ保存した。そして高校のサイトをハックし、トップページにダウンロード用のリンクを貼り付けた。シドニー市内の優良校で起きたその事件に首都のタブロイド紙の記者が目を付け、詳細な記事が載った。特にお手柄ハッカー少年のことは英語圏のワイドショーでも取り上げられ、Ｊは匿名の少年としてちょっとした有名人になった。

高校を卒業する年になると、Ｊはアメリカの資産家が運営する外国人向けの奨学金に応募し、受給資格を得る。そして生まれ育ったオーストラリアを離れ、北米大陸の西岸にあるスタンフォード大学に通い始めた。やたらと成功欲と性欲の激しい青年たちと接しながら、Ｊ

は社交を身につける。母親譲りの端正な顔立ちは、寂しげに笑うと女性から受けがいいことも知った。Ｊは女性の尻を追い掛け回す学友と連れ立ち、自堕落な大学生活をそれなりに楽しんだ。奨学金の受給資格は二年目で失ったが、生活に困ることはなかった。Ｊのハッキング能力があれば、西海岸には後ろ暗くて金になる仕事を紹介するエージェントへのパスがいくらでもあった。気がつけば、オーストラリアを離れて十年が経過していた。

山上甲哉

他人の意識にアクセスできるようになるというのは、僕にとっても今回の人生で初めて起きたことだ。常に更新されていく記憶は鮮明で、その点で僕の意識のあり方にそっくりだけれど、あくまでそれを経験しているのはＪだ。ＪはＪとして振舞い、僕の意志ではＪの小指一本動かすことができない。

札幌のスターバックスにいる僕がＪの記憶を掘り返しているのは、もしかして、と考えたからだ。向かいに座る見知らぬ男は、落ち着き払った態度で外の吹雪を眺めている。もしかして、この男に会ったことがあるのは僕ではなくてＪなんじゃないか？　でも、そう考えてみてそんな馬鹿なことはありえないとも思った。Ｊとこの男が知り合いだからといって、僕とも知り合いということにはならないはずだ。

「私の顔に、何かついていますかな」

男が言った。不愉快そうではない。

「時間は大丈夫ですかな?」

はあ、と僕が答えると、男は面白がるように、口の端に笑みを浮かべる。そうして、

「それでは、もうしばし、考えてみますか?」

と言ってコーヒーを一口すすり、また外に目をやる。時間はひどく緩やかに流れている。店内の客はまったく入れかわっておらず、新たに入ってくる者もない。人々の話し声は一定のリズムで寄せては引きを繰りかえす穏やかな波のように、延々と止むことがない。外は相変わらずの吹雪である。どのみちしばし足止めだ。

よくみるとくっきりとした二重の目。目の上の眉は横幅がなく短い。やはり僕自身の人生に、この顔をした人物は一度も登場していない。すれ違ってでもいれば、僕にその顔を思い出せないはずがないのだ。「頭の中に無理やり差し込まれたような記憶」と男は言った。思わせぶりなその台詞がどうにも気にかかる。

S

実を言うと、Jと同じような存在が他にもう一人いる。Jと区別するため、便宜上Sと呼

んでいる。やはりＪと同様、Ｓもまた僕と同じ時を生きている。具体的に言うと、２０１１年2月21日17時32分現在、Ｓはリゾートホテルに隣接する回遊庭園を自分の信者とともに歩き、打放しコンクリートの壁面にデザインされた時計に目をやっている。時計が目に入ってはいるが、時間を気にしているのではない。

Ｊと比べると、Ｓの送る日常はかなり素っ頓狂だ。Ｓがいるのは日本の関西地方、淡路島である。Ｓの生まれ育った家は明治元年に建てられた木造平屋建てで、かつて台湾、朝鮮、中国にもあり、かの苦き敗戦によって廃社となったものを除いて現存する神宮の一つ、伊弉諾(いざなぎ)神宮の近くにある。１９９５年に起こった阪神・淡路大震災の激しい揺れで鳥居は倒壊したが、すぐに再建されている。

Ｓはある教団の教祖をやっている。１９９1年にＳが開祖となって始めたのだが、信者が爆発的に増えたのは、１９９５年に起きた阪神・淡路大震災を予言したことがきっかけだった。震災の直前にＳは教団を通じ、ここ一週間の内に大地震が起こるから、古い家に住む者は必ず二階で寝るようにという触れを出した。信仰心の厚い信者たちはそれに従い、家屋自体がほぼ全壊の状態であった者でもかすり傷を負う程度ですんだ。震災による島全体の犠牲者は六十二名だった。Ｓは犠牲となった人々に向けて鎮魂の祈りを捧げながら、多数の犠牲者が出た神戸市に教団の影響が及んでいないことを悔いた。だが教祖のS自身、自分の力が一つの島を見守るだけで精一杯のものであることを自覚していた。六十二名の犠牲者を出してしまったのは痛ましいことだが、もし自分の直感が無かったならばこの島の犠牲者の数は十倍になったかもしれない。

Ｓの噂が島に知れ渡ったことで教団の威信は増したのだが、淡路周辺では、震災の後に勢力を伸ばした集団がもう一つある。家屋を持たず、和歌山と徳島と淡路島に囲まれた海域「紀伊水道」に浮かべた船上で生活をする海賊団である。船の装備を有さない兵庫県警は、海上保安庁に協力要請し共同で駆逐作戦を行っているが、なかなか成果が出せていない。それどころか、震災後、特に若年層においては入団を希望するものが後を絶たず、その勢いは拡大する一方である。とは言え、島民の大半はＳの教団や海賊とは無関係である。中でも本州と島とを結ぶ明石海峡大橋が完成した後に移り住んできた、主に神戸に仕事を持つ会社員やその家族らは、二つの勢力が存在していることすら知らない。新興宗教や海賊の存在を恥じてのことか、一般の島民らの間で、これらの話題が出ることはまずない。

「淡路統一は成るのか、先生のお導きを賜りたいのです」

Ｓの信者である早乙女が言った。この記憶は今から約六年半前、２００4年6月のある日のことだ。二人がいるのは、ウェスティンホテル淡路の裏手にある山の斜面に安藤忠雄が設計した、明るい廃墟のような庭園だ。Ｓは、この「百段苑」と名付けられた立体迷路のような庭園を散歩するのを今でも好んでいる。早乙女は、淡路島における平成の大合併について

Ｓに伺いを立てていた。島の未来を左右するこのような重要案件に対して、教団としては必ず発言をしておかなければならない。三つの市に分割統合される方向性にある今も淡路一市運動を支持する者は大勢いて、教団の内部でも意見が割れていた。

早乙女は島の生まれである。震災前からアメリカ西海岸にある高校への留学準備を密かに進めていて、被災した翌年に渡米した。「明確な目的があってアメリカに行ったわけではないです」と早乙女は初対面のＳに語った。その時にＳに向けられていたのは、奥行きも輝きもない真っ黒な目だった。スタンフォード大学に入学した早乙女は、一年目にはアジア出身者として最も優秀な成績を収めたのだ。英語の発音も美しく、そのままどこかに適当な働き口を見つけ、西海岸に住み着くことも可能だっただろう。しかし大学を卒業すると、特に展望もないまま郷里に戻って来た。二十二歳になった早乙女は、渡米前にも噂で聞いたことのある教団のことを思い出し、Ｓの話を聞きにきた。

私は頭脳を使う分野であればできないことはおそらくほとんどないのですが、特にやりたいことがないんです、と早乙女はＳに言った。あるいは、心がないのかもしれません、いや、そんなものを持っていると主張する者は、フェアじゃないと感じます。私は必要があれば人を殺すことだってできそうだ。いや、必要かどうかすら関係ない。私は、

「私はあなたの信者になるべきでしょうか？」

「それは、あなたが決めるべきことです」

早乙女はその日入信するか否かの決断をできないまま帰り、母親とともに住む実家の自室にこもって考え続けた。使いなれたPCを無意識のうちに立ち上げる。スタンフォード大学のギークたちの間でも、早乙女のプログラミング能力は群を抜いた速さと精度を誇っていた。早乙女にとって、キーを叩く行為は内省に似ている。自分は何を作ろうとしているのか？　これは何のためのプログラムなのか？　出力された結果を別の処理へと流し込む、そうしてまた出た結果を別の処理に流し込む。次の処理へ、次の処理へ、そうして延々処理をするだけのものが出来上がる。

二日間コーディングに熱中して早乙女が作り上げたものは、壮大なプログラムだった。入力窓に質問を打ちこむと、文字列は特定の割り当てに従って数字とアルファベットの羅列に置き換えられる。例えば、ひらがなの「あ」はユニコードで「U+3042」となるが、コンピュータが文字や記号を置き換えるコード体系は複数あるらしい。早乙女のプログラムではいずれかの体系がランダムに採用され、出来上がったコード情報がさらにシャッフルされる。そうしてできたコードに最も近いアドレスを持つサイトをインターネットから探り当てる。そのサイトのページの先頭から必要な数だけ文字を拾い、再びコードに置き換える。また、出力窓に表示される答えは予め選んでおく。例えば YES/NO や複数の選択肢、時刻や座標等。この答えについても、入力窓に打ち込まれた文字列と同様の処理が並行して行われる。

そして最後に、質問側のコード情報に最も近いコードを持つ答えが選択されるのだ。つまりそれは、巨大なおみくじプログラムのようなものだ。

早乙女は、入力窓に、

「信者になるべきかどうか?」

と打ち込む。出力結果タイプに「YES/NO」を選択し、実行ボタンを押す。

PCのディスプレイには、大きく、
YES、と表示される。

かくして、早乙女はSの信者となったのであった。

山上甲哉

吾輩はインターネットという技術に、かねてより多大な期待を寄せていたのである。もしかして広い世の中に一人ぐらいは吾輩のような手合いもいるやも知れぬと考え、「2ちゃんねる」に「前世の記憶がある俺が、他人の記憶まで差し込まれるようになったけど聞きたいことある?」というスレッドを立ち上げてみたこともある。しかし、誰も本気では取り合わず戯れ言扱いされた。切なくてやりきれん。インターネットをもってすれば、世界中のいかなる言語であろうと、文章を構築できる程度の知能を有する生命体の全てが情報を発信するようになる。いずれその者たちの思念が余すところなく行き交うようになれば、ようやく明らかになるのではないかと吾輩は願っていたのだ。一度の生を終えると次の生へという具合に、延々意識が途切れない存在が、つまるところ吾輩と同じ類いの存在が、果たして他にいるのかどうか。

ともあれ、脳みそのどこかでSの意識に集中すると、折々のSの経験を吾輩も並行して知ることになる。まるで編集のされていない映画を見ているように。そうやってSの人生の断片的な記憶が蓄積されていく。なぜこのように奇怪千万なことが起きているのか、とんとわからない。延々生まれなおしながら見知ったことを逐一憶えているのだけで手に余るのに、今度は他人の意識やら記憶が入ってくるときた。一体全体、吾輩にどうせよというのか？まだある。実を言うと、Sも吾輩に似たところがあるのである。どうもSは、全ての信者の意識を関知しているようなのだ。Sは、自分がSであるとちゃんと認識してはいるが、多くの時間を信者の誰かの内に入るようにして過ごしている。実際には見ていないはずなのに、信者たちの身の上を記憶している。淡路の島民からの信仰心を集めるのに、その力が一役買っていることは間違いなかろう。結果、吾輩はSを通じて、三万人余の信者の意識や記憶にアクセスするはめになる。

脳が熱を持って重くなったような気がして、僕は首の後ろに手をやった。もう、何がなにやら。状況は僕の処理能力の限界を超え、すべてを把握することはできそうにない。だいたい淡路島ってそんな異境じみた土地柄なのか？　おまけに紀伊水道には海賊がたむろしているだって？

「気のせい、ですよ」

これは僕自身の記憶だ。僕が、全てを気兼ねなく開陳出来る数少ない人間であるところの精神科医に話をしにいった際、いつも笑いをこらえているような顔付きをした四十代の医師が言った。

「だって、ほら」

医師は机の上のノートPCを触り、画面をこちらに向ける。ウェブブラウザが立ち上がっていて、Google の検索結果が表示されている。検索窓には、「淡路島　教団」とある。出てきたWEBサイトをランダムに十個ほど確認していったが、Sの記憶にあるような教団の情報は出てこない。紀伊水道の海賊についても結果は同じだ。

「もし、あなたのおっしゃるような教団や海賊が実在するのだとしたら、ネット上で一切話題にならないわけがないでしょう」そこまで言って医師はノートPCを手元に戻す。

「なるほどですね」と僕は言った。「とすれば、僕のこの記憶は気のせいということなんでしょうか？」

「ええ。あなたやあなたのご家族、お知り合いを含めて、淡路島に縁のある人はいないんですよね」

「ええ、まあ」

「では、豊かな想像力が生み出したファンタジーということでいいと思います」

「じゃあ、Jの記憶も?」

「ええと、そのJというのも、あなたが行ったことがない、行く予定もないアメリカにいる人物なんですよね。それも大丈夫でしょう」医師は涼しい顔で言う。

「僕が前世の記憶があると思っているのもそうですかね?」

「それについては、もう少し詳しく聞いておきたいですね」

「何かの病気なんでしょうか?」

「そんなに構える必要はないですよ」医師は僕の目をじっと覗き込む。

医師による病状の見立てを手助けするごとく、吾輩はユングであった頃のことを思い返している。今の精神医療は吾輩ではなく師匠だったフロイトの流れを汲んで発展した。今ではフロイトも廃れて、精神を物質的に分析し薬の投与で正常化するやり方が主流となってしまったが、これは吾輩がフロイトと喧嘩別れしたのが悪かったのかもしれん。あれはたしか、アメリカに向かう船上でのことだった。精神医療が未発達だったあの頃、その未来は我々の肩にかかっていた。議論が白熱し、吾輩は師匠の理論を強く否定しすぎてしまったのだった。

なんというか彼の考えはあまりに、脳の部位毎に機能を当て込みすぎていると思った。もっとこう、遊びの部分がないと実相には届かぬのではないか。それにしても、吾輩とフロイトが決裂したのは、「リビドーだって？　阿呆か」と全否定した吾輩のひと言のせいだった。二十も年上の先輩に対してもっと別の言い方もあったろうに、と今にして悔やまれる。

そのような過去の話を聞いていた医師は、笑い上戸の顔立ちにも似合わない、不愉快そうな表情に変わっていた。僕は一応の礼儀として、医師に対して若干の反感を抱きながらも本音ではすがるような気持ちで話を聞いてもらう患者、という構図を崩さないよう注意していたのだが、フロイトの話を持ち出したことで一線を越えてしまった。おそらく医師はこう判断しただろう。「この男は、完全に正常でありながら、単に精神科医をからかうために当院に来たに違いない」

しかしそれは違う。僕には、何一つ隠すことなく素直に事情を話せる場がどうしても必要で、ここを選んで来たのだ。僕は本当に、自分が単なる精神疾患であってほしいと願っている。おそらく、ユングであった頃に深層心理の分析に生涯を費やしたのもまた、同じ理由からだ。次の生が始まる前いつも経由する空間。暗闇はどこにもなく、ぼやけた光が集まった白い場所。一瞬の意識の途絶は、無に還る瞬間ということでいいのだろうか？　集合的無意識、と名付けたその言葉が指し示す意味と、僕がイメージするものとは符合しているのか。

言葉は独り歩きを始め、周縁で過大な意味づけがなされる。それでも説明できないまま残る芯の部分は、やがて取るに足らないオカルトとして放置される。

僕がなぜこのようであるのかは、おそらく一生かかってもわからないのだろう。しかし僕以外の人間にしても、ある日気付いてみたらこの世に存在していて百年足らずで死んでいく、という状況を十分に理解しているとは思えない。ただ多数派であるだけだ。僕の状態が病気だというのなら、他の人々は病気ではないのか。

「生命とは物質が罹患した病である」

と僕は言ってみた。医師は何も言わずに白衣の胸ポケットに挿した万年筆かボールペンの頭をいじり、唇を真横に広げて不自然な笑顔を作った。

生命とは物質が罹患した病である、とは上手いこと言ったものだが、この言をなした者はすぐに思い浮かぶだけでも二人いる。一人は仏教の始祖として知られるガウタマ・シッダールタ、もう一人は日本の軍人の石原莞爾である。吾輩はガウタマの愛弟子の一人であり、師を囲んで散歩をしながら、直々にそう仰るのを聞いた。また石原莞爾に関しては、知っているというのには若干語弊があり、実は石原莞爾は吾輩である。つまり、吾輩は過去にも医師の前で言ったのと同じ心持ちになったことがあり、同じ発言をして嘆息したのだ。

J

他人の意識が流れてくるようになったのは、僕が中学二年生の頃からだ。この事態は、生まれなおしや前世の記憶のことをただの妄想とみなすと決めた時期に重なって起きた。平凡で幸せな日本の子供として生きる折り合いを付けた矢先のことで、僕はとても困惑し、もうこんな人生には対応していけないとも思った。当時はちょうど思春期の真っ只中で、部屋に引きこもって無愛想にしている僕を見守ってくれていた山上の両親は、反抗期だと思ったことだろう。それでも、ＪとＳの意識を覗く内に、自分とは全く異なる性分の他人が紡ぐ思念を面白く感じ始めた。今では案外、この二人の意識に寄り添ってみることを楽しんでいたりもする。

Ｊは、僕よりも二歳年下である。もう一人のＳの年齢ははっきりしない。Ｓには自分の年を気にしている節がない。化粧をする前に鏡に映る様子からすると、ＳはＪや僕よりも十ぐらい年上であるように見える。Ｓとは対照的に、Ｊは年をとることを過剰に意識し、自分が出遅れていると思って焦っていた。少年の頃からその傾向があり、著名人と自分を引き比べることが、もはや癖になっている。比較の対象は多岐に渡る。トルーマン・カポーティ、トム・ヨーク、ビル・ゲイツ、等々。彼らに対する敵愾心とも嫉妬ともつかない感情で、十六歳で既にあいつは大金を稼ぎ始めた、あるいは、十八で世界を揺るがすことになる発見の端緒となる着想を得ている、等と考えて鬱屈する。

翻って自分はどうだろう？ 自分のことを評するなら、さしずめ元お手柄ハッカー少年であり、今や小銭を稼ぐ小悪党だ、はは。ブラックアウトしたディスプレイに映りこむ顔は自嘲の笑みを浮かべていて、Ｊはさらに鬱屈していく。俺は偉大になれるかもしれなかった。人一倍頭が切れ、物事の道理もよくわかっていた。だから、傲慢に振る舞う勘違いした奴らを懲らしめても、シビアな報復をされずに済んできたのだ。だが、その俺の今の状況は？ ひどいものだ。動揺したＪは、無意識の内にサイドボードのウイスキーのデキャンタに手を伸ばそうとしていることに気付き、その指に力を入れこぶしを作った。

駄目だ、こんなことを繰り返していると、俺は本当の小悪党になってしまう。だらだらと酒を飲み、好きでもない女を口説き、あっという間にじじいになる。俺が心底軽蔑していた大学のおぼっちゃんたちは、今は若手エスタブリッシュメントとして、日夜くそ真面目に仕事しているんだろう。昼間からなんの束縛もなく自由に酒なぞを飲んでいられることに、これまでＪは優越感を持ってきた。あいつらと俺は違う。だが、そんな時期はとうの昔に過ぎ去っていた。あんなおぼっちゃんたちよりも、俺はおめでたい奴だったんだ。Ｊはデキャンタの首を摑み、力任せにシンクに叩きつけた。そして、棚に飾ってあった様々なリキュールやワイン、ブランデーなどを片っ端からシンクに注いだ。コアントロー、ボンベイサファイア、シーバスリーガルが匂いを立てながら流れていき、その勢いに任せて、奮発して買った高級酒の栓をポンと抜いた。とくとくとくと音を立てるオーパスワンがシンクを赤く染める様を眺めながら、Jは考える。なんとかしなくてはならない。でなければこれまでの自分が馬鹿みたいだ。お遊戯会じみた日々の活動をFacebookで披露し合うおぼっちゃんたちの半数は、順調に出世コースを歩んでいる。客観的に見れば、自分のような小銭稼ぎのハッカーよりも、彼らの方が上等に見えるに違いなかった。

Jは机に戻り、知っている人間たちの近況をSNSで覗いてみようとした。その内に、大学で唯一本気で取り組んでいたソフトウェア工学の課題で、何回かJよりも良い成績を修めた学生のことを思い出した。プロとしては発想力に乏しいものの、圧倒的に速く正確にプログラミング言語をさばく、いつも陰気な顔をした小柄な日本人。二人組の実習で一度ペアになり、その日本人、サオトメと口論になったことがあった。Jは二日酔いだったにも拘わらず、商用稼働中の動画配信システムの効率を2%あげる課題をたった一時間で仕上げたのだった。他の学生は誰もが感心したが、サオトメだけはJの改変したコードのまずさを指摘した。「汚いコードを書くなよ。こういう正しくない配置を見ると気持ち悪くなるんだ」と言ってサオトメはJのコードを外し、既存コードに戻して十箇所ほど小さく手を入れた。それだけで稼働効率はさらに上がった。あいつは今何をしているんだろう？　そう思い、JはFacebookでサオトメを検索してみたが、何の情報も見つけられなかった。他のオタクたちは何人も見つかり、彼らもまたハッカーよりはよほど上等に見える職に就いていた。お前は上等に見られたいのか？　そうＪは自問する。答えは悲しいことにＹＥＳだった。

Ｊはナイトテーブルに置いていたiPhoneを手に取り、女性の連絡先を全て消した。酒を捨てる時よりは躊躇する回数が多かった。消去する度にその女性と睦み合う場面が頭をよぎり、Ｊは妙に興奮した。全てを終えると前頭葉が痺れたように感じ、Ｊはベッドに寝転んだ。昨日の酒はもう残っていない。とても静かで冷静な心持だった。外からは鳥の鳴き声が聞こえてくる。

さて。と、Ｊは考える。一旦リセットだ。さて、俺は何をやる？

答えは出ない。胸の内に漠とした不安が生まれたことにＪは気付く。いや、本当は今更生まれたわけではなく、思い出しただけである。その不安を打ち消したいがために、Ｊは小悪党と自らを蔑むことになろうとも、十年に渡るこれまでの生活を続けてきたのかもしれない。その不安を言葉で表すとこうなる。

俺がやるべきことなど、もうこの世にないのではないか？

S

Ｓは、庭園の階段を昇りきった高台で信者を待ち受けている。復興の象徴ともなった「淡路夢舞台」の一角にあるその庭園は、百区画の段状の花壇から成っていて、オフシーズンの冬季に訪れる者は少ない。その時期は、Sが教団の用事にしばしばこの場所を使っている。ダウンジャケット姿で息を切らせながらやって来る信者は、若い男だった。歳は二十二歳、名は片山という。片山はつい先日、事故で父親を亡くしている。

Sは支度する時に紅できりりと切り上げておいた目尻で、下方の片山の姿を認めた。数年前から、Sは教祖を権威づけるために信者の名倉が用意した、「恋人の襦袢」、「太陽の冠」、「惑星の笏」と呼ばれる三種の神器を身につけている。正装時はいつも顔を白塗りにし、裾の長い朱色の着物をまとい、頭には細い純金で空中を編むような冠を付け、右手に青い球が付いた笏を持つのだ。その格好で滑るように歩くSを見た百段苑の観光客は、催し物の準備か何かだろうとささやき合う。Sは習慣的に淡路夢舞台の回遊庭園を訪れているため、この光景は幾度も目撃されている。片山が近くまで来ると、Sはおもむろに分厚い打掛の下に覗く恋人の襦袢の裾を翻し、はるか南方を見やった。Sのいる場所からは見えないが、その方角には勾玉の形をした沼島(ぬしま)がある。二柱の神が海をかき回した巨大な矛を引き上げ、そこから滴った潮の雫でできたという島。沼島こそが、そのおのころ島であるとSは考えている。あの島の東にある「上立神岩(かみたてがみいわ)」を両側から廻り、イザナキとイザナミは婚礼を行ったのだ。

ちなみに淡路島の島民を中心に布教を行っている教団としては、外向けには別の説を取っている。実際のところ、沼島の鬱蒼とした裏山には「おのころ神社」があるが、淡路島には南あわじ市の「おのころ島神社」の前に巨大な鳥居が立っている。おのころ島の候補地は、淡路島だけでも他に絵島、成ヶ島等複数あるようだ。教団としては「おのころ島は淡路島」との曖昧な立場を取っておくのが無難で、沼島在住の少数の信者からクレームを受けた場合は、「沼島こそ最初の最初にできた地なのでしょう。何を隠そう、教祖は沼島の出身でした」と答えている。適当なものだ。

Sが信者に教える国生み神話は一風変わっている。古事記や日本書紀のアレンジ、というか余計な付け足しがされている。それが沼島でのS自身の体験を元としていることを、僕はSの記憶を通じて知っている。過去を振り返ることが稀なSだが、その出来事だけはよく思い出すのだ。まだ十歳にも満たない子供の頃のことで、Sは淡路本島の土生（はぶ）港から一人で汽船に乗り、夏休みを沼島にある祖父の家で過ごしたのだった。ある日、Sは島の学校を見に行き、そのまま一本道を奥に進んでみることにした。林道にはなだらかな傾斜があり、上りの後に同じくらいの下りが続いて、やがて島の反対側へ出た。林を抜けた先の断崖にはつづら折りの道が作ってあり、下った先には海に突き刺さっているかのような奇岩が見えた。それが「上立神岩」だった。

この時のSはまだ日本の神話を知らず、この岩を「天の御柱」に見立てる言い伝えのことも知らなかった。それでも、上立神岩を見たSは子供心に強烈な霊感を受けた。確かにSの記憶に残る沼島の南岸の光景は、見た者の心に強い印象を残す奇観であると僕も思う。少年Sは、この時に世界というものを初めて意識した。それは自分の身の周りや国、惑星といった領域をひとっ飛びに超えて知覚された広がりだった。Sが受けたインスピレーションは、日本神話だけでなく、神話というものが成立する以前にある直感に似たものなのかもしれない。この世界観がSの原風景であることは確かだ。

また別の日、Sは本島側に一つだけある港の船着場に腰掛けていた。夏の観光客たちがちらほら歩いている他、大人たちは専ら港周辺で仕事をしている。その時、小さな漁船の艫綱（ともづな）を解こうとしている漁師がSに声をかけた。「クルーズしたいゆう客が一人もおらへんかってん。釣りに行くんやけど、あんたも乗るけ？」初めて見る親父だったが、長閑な島に馴染んでいる様子にSは全く警戒心を抱かなかった。Sを乗せたボートで親父が向かった先は、「上立神岩」のすぐ側にある「アミタテバエ」だった。ごつごつした岩場に上がり、磯釣りを始めた親父の横で、Sは上立神岩を間近に眺めていた。開け放したクーラーボックスには、魚が景気よく放り込まれていく。沼島周辺の海岸に点在する岩礁のことを「バエ」と呼ぶらしい。親父は数年前から島のガイドをやっていて、釣りの穴場だけではなく、「バエ」の謂れにも自分は島で一番詳しい、と得意気に言った。竿を上げ、リールを巻き、また竿を振って針を飛ばしながら、釣り人は上立神岩に纏わる日本神話を語り出した。

天地開闢（かいびゃく）の後、性別のない神々が生まれ、その後で男女対となった神々が四組生まれた。

その最後に男神のイザナキノミコトと女神のイザナミノミコトの二柱が生まれ、この上立神岩に降り立った。天より「天の沼矛」を授けられたイザナキとイザナミは、二人して巨大な矛で海をかき回し、国土をつくろうとする。

「ほんで最初に出来たんがこの沼島や。淡路全体がそうやという説もあるけんどな。それから四国や本州を生んで、他のぎょうさんの神様を生んだんやで」釣り人は浮きから目を離さずにそう語った。

「神様二人だけで？　他の神様はおらんかったん？」少年Sが聞くと、それに応えるように浮きが激しく上下した。釣り人は竿をくいと上げ、餌に食いついたらしい魚の口に針を深く食い込ませながら、

「おった、おった」とあからさまに適当に答えた。「やめときやって言ったんよ、もう一人の神様は。けんどな、男と女、始まってしもたら中途でやめることはでけへんよってな。のけ者の神様は落ちてもて、かき回す矛でぐちゃぐちゃや」

少年Sは、もう釣り人のことを見ていなかった。奇岩に囲まれた岩礁の一つに立ったまま、海のあぶくに目を凝らす。その脳内には、巨大な矛に引きちぎられた神様の体の切れ端が、水草みたいに気泡を上げている様が浮かんでいた。

百段苑のてっぺんに立つSは南の方角を見やり、そこに沼島の心象風景を重ねている。S

の足元の花壇には、信者の片山がかじかむ手をしきりに揉み合わせながら腰掛けている。片山は口重い様子で自分のことを語る。父親がこの世からいなくなったこと、それがどの程度悲しむべき出来事なのかがわからない。死者はよく母親に手を上げていた。父親が死んだと知って、自分はざまあみろとなるかと思ったがそうでもなかった。母親は泣いていた。

悩みを打ち明けて気が楽になった経験は僕にもあるが、その相手としてSが相応しいのかは大いに疑問に思う。今もSは、片山の話を少しの共感も覚えずにただ聞いているだけだ。片山の意識に入ることもできるのに、それをするつもりもないようだ。Sという男はいつも、頭を使って考えることをしない。大抵は大勢の信者たちの意識を軽く波乗りするように見て回っている。だが、どこから出てくるものか、突如言葉を発する。この時もそうだった。

「いつか、**大再現**が起こります。第三の神、スツナキミノミコトが再生なさるのです。さすれば、父上に対するあなたの敵意や愛着は取るに足らないものとなるでしょう」

大再現とは、教団における終末論的なコンセプトであるらしく、Sが信者の前でよく使う言葉の一つである。しかしS自身も、**大再現**が具体的にどういうことなのかよく理解していないんじゃないかと僕は疑っている。ただ、S自身が**大再現**の言葉からイメージするヴィジョンは、彼が少年の頃に見た情景と一緒だ。散り散りになったスツナキミの体の組織がちらばった、世界中の海原。海水が妖しげに泡立ち、ばらばらとなった体の組織がひと所に集まり、再生するスツナキミ。

「我々は、私は、どのように生きれば良いのでしょう？」
片山は立ち上がり、Sを仰ぎ見ている。
「忘れることです。**大再現**があることを知りながら、完全に忘れることです。そのようにしてしか我々は**大再現**を正しく迎えることはできません」
「知りながら忘れる。そんなことが出来るものでしょうか？」
「できます」
Sは威厳たっぷりに断言した。確かにSにはできているようで、このように片山と話をしながらも、その内容を片端から忘れていく。気を抜けば目の前の男が自分の信者であること、自分が教祖であること、SがSであることすら忘れかねない。と、Sは突如綿入りの打掛を肩から滑り落とし、懐から葡萄の房のような鈴を取り出す。
「**大再現**が来たるとき」
朱色の襦袢の裾をはためかせ、Sは朗々と詠唱しながら舞った。
「賢と愚に、
幼と長に、
死と生に、
夢と現に、
嘘と真に、

高と低に、
瞬と永に、
すべてに、
そう、すべてに無を加える者が来たる」
信者は拝みも祈りもしない。そのような形式はこの教団では排除されている。片山は、ただ眩しいものでも見るように陶然としている。
「そうして、時は原初に戻り、最初に生まれたここ淡路を残すのみとなります。三柱の神による国生みの時代が再現されるのです」
教え諭すように言って、Ｓは舞を仕舞いにした。２００６年にＳの衣装を作ることを思い立った名倉は、南あわじの淡路人形座で三味線を弾く妹の伝を辿って、日本舞踊の衣装家に仕事を任せた。その際イメージを明確に伝えるために「アマテラスオオミカミの衣装を作ってほしい」と依頼したのは、当時の名倉が、Ｓの教義とも関わりの深い日本神話を題材にした舞台の評判を聞いて、京都まで観劇しに行ったことがきっかけだった。当代随一の女形歌舞伎俳優が演じるアマテラスに名倉はいたく感銘を受け、そこにＳのあるべき姿を重ねたのだ。
若い片山の感服した様子を見る限り、その衣装を着けたＳの舞は、それなりに感興を呼ぶ見世物であったらしい。踊っている間、やはり何も考えていなかったＳだが、言葉が口をついて出るのに任せて、教祖として片山に語りかける。便利なものだ。

「ですから我々は賢くありながら、愚かでなくてはなりません。幼くありながら老成した心を持たねばなりません。そうして全てを知りながら、同時に忘れなくてはなりません。それが『無を加える』ということなのです」

片山はSの言うことに解釈を挟むまいとして、脳が一瞬混乱する。片山のその意識を、Sが今覗いている。教祖様の言葉は妙なる空気の振動、鼓膜が揺らされて真意が体に染み渡る――、と思おうとしたのにうまくいかない。意味を知りたい。これは一種の予言なのか。**大再現**が起こり、この島だけが残る。それは比喩的な意味？　それとも、実際に淡路島以外の大地がばりばりと音を立てて裂け、海に沈んで元の混沌に戻る。あるいは海さえ残らずに、虚空に淡路島だけが残る？

J

Jは電話を待ちながら、居間の窓越しに見えるプールを眺めている。夕刻から少し風が出てきている。水面に小波が立ち、太陽が映すあかね色の筋が徐々に明るさを失っていく。焦りとも苛立ちともつかぬ感情で神経を尖らせながら、Jは指令が下るのを待っている。二日前に、Jは組織を抜けたいとペロウンに伝えた。ペロウンはあくまでも連絡係であって、意思決定をできる立場にいない。だがJからすると、ペロウンがあたかも組織の中枢幹部のように思われる時がある。足抜けの意志を聞かされたペロウンはしばらくの間沈黙し、Jも根比べするように iPhone を握りしめて黙っていた。かすかな雑踏の音を背後に、ペロウンはただひとこと「わかった」と言って切った。それから十分後に、再び電話のベルが鳴った。お前の最後の仕事についてこれから話し合われることになった、とペロウンは告げた。

「お前は随分稼いだ」

最後にそう言って、ペロウンは電話を切った。

確かにJは随分稼いだ。Jの金融資産額は山上甲哉のものとは三桁も違う。稼いだ分だけ足を洗うための仕事はきついものになるとでも言いたいのだろうか、とJは思いをめぐらす。組織を抜けること自体は可能だ。むしろこの手の組織としては寛容な方だろう。だが、ハードルはある。「最後の仕事」はかなりヘビーなものになると聞いている。一体何をやらされるのだろう？　人の命に関わるようなことだろうか？　あり得ない話ではない。いや、むしろそのぐらいはさせないと組織のことを口止めできないのではないか。JはPCをスリープ状態から回復させ、メーラーを立ち上げて送受信ボタンを押す。習慣的な作業だが、受信するのはほとんどがスパムメールの類だ。ごみ箱行きを免れるメールは全体の二割にも満たない。Jが雑に振り分けていくメールの中には、僕からのメールもあった。

僕がJにメールを送り始めたのは、脳みそに勝手に差し込まれたJの記憶がどういうものなのか、確かめようとしてのことだった。まずはJがPCのメールボックスを開いているタイミングで、日本語で「こんにちは」とだけ打って送った。Jのパソコンにはそれがちゃんと届いたが、Jは僕からの挨拶を無視した。以降も何度かJがメールチェックをしている時に簡単な日本語文を送ってみたが、からきし気づいてもらえなかった。いつの頃からか、僕は宛先をJとして長文のメールを送り付けるようになった。まあ、息抜きの日記代わりだ。この混線した状況を知らせるために、と言うと嘘になる。そもそも僕は、Jの読めない日本語でメールを打っている。意識を覗いている相手への好奇心が抑えられず、しかし本人と現実に関わり合うことは避けたい。さもないと、平凡な人生を送るという目的から遠ざかってしまう。我ながら煮え切らないことをしているものだと思う。

Jはまさに今、僕からの最新のメールを他とまとめてゴミ箱フォルダへと移したところだ。Sが詠唱した**大再現**の決まり文句に対する僕の所感を綴ったやつだ。送信欄に山上甲哉のメールアドレスがあるのがはっきり見てとれ、僕はささやかな満足を得る。僕の行動は、Jの世界と確かに連動している。

組織というものは、とJは考えに耽っている。複数の人間が、ものによっては数億人規模で寄せ集まって、お互いの足りない部分を補い合う。国、政治グループ、宗教団体、企業、実に様々な組織を人は作りたがるものだ。生来的にそういったものから距離を取ろうとしてきた俺だが、完全に自由でいられるわけではない。俺もまた様々な組織に属している。国や地域、ネット上のコミュニティー、そして俺用の最後の仕事を協議しているイカれた組織。電話はまだか。酒が飲みたい。

　電話が鳴った時には二十二時を少し回っていた。Jは iPhone に表示されたPの文字を確認して出る。緊張はしていないつもりだった。が、長く待ちすぎたせいか、神経が研ぎ澄まされているのを自覚した。先を促すつもりで、「ああ」と答える。ペロウンはいつものように単刀直入な物言いで、「仕事が決まった」と言った。

「今から言う場所に行って、ある男に会ってもらう」

　そうか、とJは答える。なんでもない風を装いながら、しかし脳はフル回転している。誰かと会う？　ハッキングのスキルを売りとする俺にとって、コンピュータを使わない仕事はこれまでになかった。最後の仕事はやはり特別なのか？　比喩的な意味ではなく、本当にこの手を汚す必要があるのかもしれない。

「仕事の内容は？」

「それは、男が話す」

　これ以上ペロウンに聞いても答えを引き出すことは出来ないだろう。そもそも知らない可能性もある。この男はただの連絡係に過ぎない。ペロウンの言った住所を打ち込んだ Google Maps を見ながら、Jの方から先に電話を切った。サンノゼの中心街か。大学時代を過ごしたパロアルトから、乱痴気騒ぎをしに行ったものだ。ここサクラメントからは車を飛ばして、二時間というところか。スターバックスに明日二月二十日十五時。その時間その場所に行けば相手からJに声を掛ける、とペロウンが言うからには、俺はその通りに動くしかない。

Jは部屋の中を歩き回り、迷った末に少しだけ酒を飲むことにした。戸棚に一本だけ残ったラムのポケット瓶の封を開け、グラスに注ぐ。神経の昂りがしずまり、パロアルトで過ごした大学時代のことを思った。あの頃は常に苛々していた。Googleのインターンに喜んで参加する連中や、後にFacebookのCEOとなるショーン・パーカーに口説かれて有頂天になっていたお嬢さん。そんなリア充どもへの憧れや反発心から、自らベンチャー企業を立ち上げようとしたり、スタートアップ時のベンチャーに参加しようと野心を燃やす田舎者ども。どっちを向いてもムカムカさせられる人間しかいなかった。それでいて結局は自分が一番くだらない道を歩むことをどこかで予期していた、と今度はその嫌悪が自分に向きそうになり、Jはこれ以上飲まないようにラムの瓶を冷凍庫にしまった。

夜になって風は一層強くなり、プールの水面に映る月光がめまぐるしく揺れている。今回の仕事が終わったらこの家を出よう、と窓辺でJは決心する。自分のスタイルに固執しすぎたことが俺の敗因かもしれない。ちんけな仕事で儲けた金が底を突くまで、さすらい人でも気取ってみるか。Jは酒にさほど酔ったわけでもなしに、そんなことを思う。

S

百段苑から下りてきたSは、ウェスティンホテルの地下駐車場に止めてあったトヨタのハリアーハイブリッドで伊弉諾神宮近くの自宅に戻った。おしろいを落とし、襦袢も脱いで、着古したようなラクダ色のシャツとズボンを着てベルトを締めた。Sは早乙女を待っていた。

震災の前には五十人ほどしかいなかった信者は、既に三万人を越えている。Sが特に指示したわけでもなく、教団の中では教祖を囲む管理体制ができていった。とりわけ古株の名倉と、震災後の新入りでありながら「IT」という特技を持っている早乙女が、側近のようにしてSに仕えている。必要に迫られて信者を居住地ごとに組織化したのは名倉だった。とはいえ内部統制はぐらぐらで、それは組織にはつきものの責任分担の手順が、教団の教義に従って排除されているせいだった。行事に人が集まりすぎて会場が混乱をきたしても、信者から集めたアンケートの回答用紙をなくしても、失策を犯した当人が特定されることはなかった。まあ、ええやんけ、で済まされた。Sのところに話が上がってくることもなかった。1995年に東日本の新興宗教が起こした大事件の余波で、Sの教団にも疑いの目が向けられたことがあったが、こいつらにはさほどの害もあるまい、という印象を世間から勝ち取ることができたのは、その辺りのぬるさのためであったように思われる。

Ｓが早乙女を呼んだのは、紀伊水道の海賊と会合を持つべきか否かを決めるためである。早乙女は教団の首脳よろしく、Ｓが教祖として大きな決断をする際には常に補佐、というよりもＳの代わりに決定してきた。その始まりは今から六年半前、淡路島の市町村合併についての決定が早乙女の初仕事だった。翌日までに県知事と淡路島の自治体の首長によって組織される会議体に、教団の見解を通知しなくてはならない。教団内でも話し合いを持ったが、結局結論には至らなかった。それでＳの一存に任されることになったのだが、三万人以上の信者の意識を保有するＳにとって、物事を決断するのは至極骨の折れることだ。一つの意見を選ぼうとすると、別の様々な考えを持つ意識が頭の中でぶつかり合い、いつもは瀬戸内の海のように穏やかなＳの心が千々に乱れる。

それでＳは、早乙女の持つ技術に期待を寄せた。Ｓの朧げな知識では、ＩＴとは新しい意識体のことを指し、その未熟さは幼子のごとき汚れない判断をもたらす、ということになるようだ。六年半前のその日、早乙女は約束の時間きっかりにやって来た。応接間に通された早乙女はノートＰＣをＳの方に向け、向かい合って座った机から身を乗り出して操作した。表示されているのは、早乙女が入信を決める際に用いた、あのおみくじプログラムである。今回は、結果がYES/NOではなく、複数のフリーワードで出力される形式にした。表示される結果を「一つの市へと統合」、「三つの市へと統合」、「会議体へは意思表示をしない」と設定し、質問窓には「淡路島の市町村合併をどうするか?」と入力した。このプログラムは自動的に自己を変革し続けているため、どのような決断をするのかは作り手の早乙女にも予想することができない。

「おお」

と、Sが呟く。決断が出たのだった。ディスプレイにはこう表示されている。

『三つの市へと統合』

早乙女の助けもあり、Sには迷いというものがない。ほとんど何も考えないその生き様は、僕などからみても異様に映る。Jがいつも終わりのない逡巡の中にあるのとは対照的だ。しかし最近になって、Sは教団のライバルとも呼ぶべき紀伊水道の海賊団への対応を考慮する必要に差し迫られていた。Sの信者が増えたのと同じ1995年の地震直後に拡大した海賊団の勢いは、いや増すばかりである。既に四千人ほどが海賊となってしまった模様だ。かたぎの島民たちは、海賊にもSの教団にも頑なに無視を決め込んでいる。海賊による被害が裁判になったことはないし、2002年のサッカーワールドカップの折にベッカムを擁するイングランド代表が寄宿して有名となったあのウェスティンホテルが、Sの教団の拠点の一つとして活用されていることに苦情も出ていない。

当の教祖であるところのSは、そんな島民たちの事情を考えてみることもない。阪神・淡路大震災から十六年経った今、Sは自分の教団の力が及ぶ範囲が未だ限られていることを残念に思っている。それについては、Sの記憶を時々覗いている僕も少し残念に思う。今年に入ってから、Sは地球の南半球で大気のバランスが崩れているのを感じていた。ブラジルの大洪水やオーストラリアのサイクロンの被害が報道された映像を見たSは、何の手も打てなかったことを悔いた。ただしSの第六感はいつも漠然としていて、淡路島を中心にしたいずれかの方角に、大雑把な遠近で異変を察知するだけである。だから予知能力として、気象情報以上の役に立つかどうかは疑問だ。Sは常々、「世界には解放されたがっている力がくすぶっている」と考えている。ここ最近は淡路島の北東の比較的近い海に波乱を感じ取っていて、そんなことを知ってもどうしようもない僕はただ不安な気持ちにさせられる。

そんな中、

「海賊と話をせねばなりません」

とSは名倉に告げた。北東の海に起きる波乱とは、もしかしたら海賊の動向に関係することかもしれない。さっきまで来ていた早乙女のおみくじプログラムは、「海賊と会合を持つべし」との決断を下した。Sは既に外出する用意を始めていて、シャツのボタンを外し、はだけた首の根元までおしろいを塗っている。

名倉がSに告げられた番号に電話をかけると、名倉と同年輩らしき男の声が出た。Sの使いであることを伝えると保留音のエーデルワイスが流れ、五分ほど待たされた後に出てきた相手は、海賊団の団長と名乗った。その声に聞き覚えがあるような気がしたが、誰とは思い当たらない。名倉は唾を飲みこんでから一つ大きく息を吸い込み、Sの意向について毅然と言い渡した。

団長はあっさりと話し合いを承諾した。待ち合わせ場所に指定されたのは、島の南端の福良港にあるクルーズ船の船着き場の隣だった。緯度と経度が一桁の秒単位まで指定されている。明日の、早朝五時。Sはすぐにでも出かけて行きたがったが、海賊にも予定というものがある。翌朝、名倉はまだ暗い中、Sを乗せた車を走らせ、福良港に着いた。柱で建物全体が宙に浮くような設計で建設中の淡路人形浄瑠璃館の隣に車を停め、道路を斜めに渡って船着場に向かう。

日の出前の港には、うずしおクルーズ用の咸臨丸と日本丸の影が黒々とそびえ立っている。その向こう側には大鳴門橋が見える。と、沖の物影から船の灯りが顔を出す。目をこらすとぽつぽつと見える影は、点在する小島であるらしい。物凄い速さで近づいて来る灯りは、小型のボートのものであることがわかる。それはあまり速度を落とさずに浅い角度で入って来て、Sたちの足下の岸壁に接岸した。船首と船尾に一人ずつ、合わせて二人の海賊が乗っている。二人とも名倉と同年代の五十がらみで、合成素材の帽子を目深に被り胸まで隠すズボンを穿いている。日焼けした肌。海賊と言うよりも、ただの漁師に見える。

「教祖さんけ。ほんなら、あなたがお先にどうぞ」

Sは着物の裾を持ち上げながら、船上の男たちに白塗りにした手を差し出した。後から乗船した名倉は、二人の男の腰に木製の鞘に納まった包丁がぶら下がっているのを目に留める。

再び沖に出たボートが切り裂く波が、しぶきとなって顔に当たる。小島の裏に回ると、漁船群の光が目に入った。Sと名倉を引率する二人の海賊は、腰に差していた包丁をやおら鞘から抜き放ち左右に振る。中心にいる一際大きな漁船の下に着けるとボートの艫綱を投げ上げ、手に持った包丁で甲板へ上がる梯子を指し示す。

Sと名倉は二人の海賊に前後を挟まれて甲板を歩いた。明るい操舵室へ入ると、前面のガラス越しに外の闇を見ながら舵を握る海賊が目に入り、その手前には年季の入った焦げ茶色の革のソファが置かれてあった。その真ん中に一人の男が座っている。服装は他の海賊達とは違い、ジーンズにスウェットのパーカー、黒いブーツ。パーカーの上から、樹脂素材のウィンドブレーカーを羽織っている。男はSと名倉に向かいのソファに腰掛けるように促し、自分が長であると名乗った。「お待ちしておりました。今日はご提案があるとか?」

名倉は、団長の顔を穴が開くほど見つめている。

「そうですが、まずは御礼を言わせてください。お忙しい中、お時間を頂戴できて光栄です」

Sの立ち振る舞いはいかにも優雅で、それを受けて鷹揚に頷く海賊の長も、さすがの風格だ。両人とも淡路の二大勢力の長だけのことはある。

「いえいえ、こちらこそ、教祖様にお越しいただけるとは幸甚の極みです。むさくるしい所ですが、まあ、ゆっくりしていらしてください」

団長の年齢はSと同じくらいかな、などと思っている内にはっとした。なぜ気付かなかったんだ？　この顔は化粧をしていないSそのものではないか。海賊団の団長はSとまったく同じ顔をしている！　名倉もそのことに気づいたから、さっきから態度がおかしかったのだろう。Sを通じて見ている空間が、いつにもまして異次元っぽく感じられる。

「単刀直入に行きましょう」と団長は言った。朗々とした口調もSにそっくりだった。「私はこれでも忙しい身でね。ここの面倒だけを見ていればいいという立場ではないんです」

「わかりました」と同じ顔を白塗りにしたSが答える。「では、単刀直入に。あなた方に略奪行為をやめていただきたい。島民は皆怯えております。皆さんのその怖ろしい包丁や、徒党を組んで行っている悪事、また失礼ながら、何をたくらんでいるのかわからない存在そのものに。私の信者も、その他の島民も怯えきっているのです」

そう言われて団長は思案顔になり、右手を顎にあてる。ふむ、と呟き、それから、「しかし、私たちは海賊です。海賊が略奪行為を止めるわけにはいかない。もちろん略奪が悪いことだということは我々もわかっております。恥じてもいます。しかしながら、しないわけにもいかんのです。もちろんそれを最小限にとどめるための努力はしております。暴力は、本来世の中にない方が好ましいことですからね」

「であれば、止めるがよろしい。間違っていると知っておきながら、それを止めないのは愚かだ」

団長は思案顔のままだ。顎からは手を外し、腕を組む。「いや待ってください。それとこれとは別問題だ。愚かだからといって、直ちに止められるわけではない。先ほども申し上げましたように我々も努力してはおるのです。皆で魚を取り、それを食べ、市場に売り、その金で油を買う。船で電気を作り、最低限の電化製品を使う。そのようにして、最大限努力しておるのですが、生活しているとどうしても足りないものが出てくる。それでも基本的に我々は我慢します。人様に迷惑をかけるのは我々の本意ではないからです。しかし、我々だけが我慢するというのはよろしくない。何事も公平が肝心です」

「つまり?」とSは先を促す。笏以外の正装を身にまとったSは立ち上がり、目を閉じて、宙に浮かせた右手に引っ張られるように腰をかがめて一歩踏み出し、揃えた指先を団長に差し向ける。団長はその様子を仰ぎ見ている。

「つまり、我々は我々以外の人間たちが我慢する二倍程度にはこらえます。しかし、それ以上はしない。それ以上となると狂信的な領域に入ってしまうからです。そのあたりはぬるくやらなくてはなりません。なぜなら、」とそこで言葉を止め、まぶしさに耐えかねたように目を細め、団長は続ける。「なぜならば、それがあなたの教えだからです」

「その通りです」とSは厳かに目を閉じて団長の言葉を諾(うべな)った。「狂信的になってはいけません。実にその通りです。全てのものごとは程度問題なのです。それで？」

「だから、我々は略奪行為を最低限にとどめます。食欲や性欲、睡眠欲、その他もろもろの欲求の全てを通常の人間の二倍は我慢します。そして、その程度の我慢でかなりの場合、何も起こらないのです。同時に、全てを我慢することは根本的に間違っています。度の過ぎた我慢はいつか暴発を招きかねません。ですから、我々はたまに略奪を行います。それにしても年に一度や二度、その程度です。ごまかしてはならないとわかっています。それをどこか遠くの出来事にしてはならないのです。被害者はすぐ近くの、隣の、手に触れられる具体的な誰かでなくてはなりません。遠くなれば、略奪行為の酷たらしさは増します。離れれば離れるほど、人の物を奪うことが必要になる理由や緊急性はうやむやにされ、徒(いたずら)に凶暴さだけが増すのですから」

　Sは押し黙ったまま、略奪の最中に犯人らの意識を覗いた光景を思い起こす。つまり、海賊団の構成員は一人残らずSの信者ということなのか。三人組の海賊が洲本市の西側に回って漁船を停め、崖に家屋が点在する別荘地を偵察している様子がSの脳裏に浮かんでいる。勝手口が網戸になっている一軒を見つけ、包丁を片手に屋内に押し入る。中には真っ白な本革のソファに座って海を眺める初老の男性が一人きりだった。我々は海賊だ、と名乗ってから包丁を突きつけ、有り金の全てと宝飾類を差し出すように要求する。冷蔵庫の食べ物も根こそぎ奪い取る。

一方、Sと海賊の団長を傍らで見守っていた名倉は、狼狽の色を隠せずにいる。名倉は僕と一緒で、ここの海賊が全員Sの信者であるという事実をたった今知ったばかりのようだ。

「ですから」と、Sと同じ顔をした団長が言う。「ですから、我々は略奪行為を止めません。私たちがここで略奪行為を止めれば、私たち海賊は紀伊水道を越え世界各地に広がって、どこか異国の人がもっとひどい目にあうかもしれません。あなたが私たち海賊に濃縮なさったこの島の暴力は、距離を越えたり時間を経たりすれば腐敗して拡散し、凶悪化してしまうのです」

「距離を越え、時間を経る？」Sの口調は糾弾するように厳しい。「それは本当なのでしょうか？　全て思い込みだという可能性は？」

「そうです。全てはただの『思い込み』であるという可能性を忘れてはなりませんでした」

「それで、暴力をなした者をどうするのですか？」

「海賊である以上、償いをさせることも、罰を与えることも相応しくありません。ただし、同じ相手から二度奪うことは許しません」

「それで？」

「被害者は大抵泣き寝入りします」

Sは冠の飾りを揺らして頭を振り、目を伏せた。大きな波が船を揺らした。その場にいる全員が船体ごと上下する。団長はすがるような眼差しでSの言葉を待っている。Sはゆったりとした動作でソファの後ろに回ると、両手をすっと胸の辺りに持ち上げ、仏像のように何かの印を結ぶ。名倉を含めた全員がSを見守っている。

「聞きなさい。あなたの部下が暴行を犯しました。これはあなたのせいです。東京の繁華街で無差別殺人が起こりました。これもあなたのせいです。大阪でシングルマザーが幼い子供を手にかけました。これもあなたのせいです。中国でビルが倒壊し、百人以上の人々がなくなりました。これもあなたのせいです。この島と神戸を揺るがした地震で数千もの人が亡くなりました。これもあなたのせいです。毎年毎年、人知れず自ら命を絶つ者が何万人もいます。これもあなたのせいです。今もどこかで誰かが人格を否定され、食べ物さえ与えられず、あらゆる陵辱を受けながら、死んでいこうとしています。はい、これは、誰のせいですか？」

滔々と流れる言葉に気圧されたように、団長の体全体が震えている。他の海賊たちは、心配げに眉をハの字にしている。名倉もこれまでにみたことのない、迫力のある教祖の姿だった。団長は小さく震える声で「私のせいです」とやっとのように答えた。

「そうですね。全てはあなたのせいです。あなたが無力なためです。いいですか？　聞きなさい」

「はい」

「スツナキミの再生に備えんとする者は、次の段階へ向かわんとする者は、全ての責任は自分にあると思わなければなりません。全てのことは自分で何とかするべきであり、全ての人間を幸せにすることが、その者の無上の喜びなのです。それをできないのは、ただ力足らずであるからです。そのことをゆめゆめ忘れてはなりませんよ」

山上甲哉

海賊との一件に、独特の国生み神話。つらつら思い返してみても、Ｓの記憶は僕の常識からするとファンタスティックに過ぎる。だが、僕自身の記憶やＪの記憶とくらべて、リアリティにおいて劣るわけではないのだ。コーヒーの香りを吸い込んで、僕は深呼吸してみる。そうして、僕こと山上甲哉の記憶および世界に焦点を合わせる。Ｓのことは一旦意識の外においやる。お前は誰だ？　僕は人間である。人間に関することで、無縁であるものは何もないのかもしれないが、他人の意識が入ってくるというのはあくまで妄想なのだ。そうして、ここは？　ここは札幌だ。会社に戻ろうとする途上で、男に声をかけられて喫茶店に入った。時間の感覚がうまくつかめないけれど、席について五分くらい経っただろうか。外は相変わらず吹雪いている。街灯の光に照らされて、それ自体発光しているような雪の嵐。白い光が真横に流れ、重力に逆らって上に進み、次の瞬間にはたたきつけられるように下降する。

紳士帽の男は、トイレに行ったきり帰ってこない。店内は人々の話し声が低く充満していて、とても暖かい。

J

Jは、キャンパスの風景を懐かしみながら歩いている。パロアルトに着いてからスタンフォード大学内の道路に車を止め、講堂の立ち並ぶ中心部まで来ていた。巨大なアーチ、時代がかった建築、キャンパスの内部は外の世界から隔てられ、時間が止まっているかのようだ。調和の取れた美しいキャンパスだ、と僕も思う。僕の卒業した東京の大学に比べてべらぼうに広くて、由緒ある立派な建物が並んでいる。太陽の光を反射させてきらきらひかる金髪を、誇らしげに振りながら歩く美しい女学生。若く性急な欲望に突き動かされる男たち。青春の焦燥、これはどこでも一緒なんだろうな。自分たちがいかに恵まれており、それがどのような犠牲によって成り立っているかをどうにか端的に実感してもらえる方法はないだろうか、というJの思考が突拍子もなく流れてくる。Jは、一番上等そうな人間に殴りかかりたいという衝動にかられている。ちなみにJは、自分の中で最も優れた要素は頭脳であるが、身体能力も平均よりは優れているとみなしている。確かに、Jは既に子供の頃のような痩せっぽちのちびではない。すれ違う学生たちと比較しても、彼らに秘めたる特技、例えばボクシングや空手なんかの格闘技の心得がないのであれば、ほとんどの学生をのしてしまうことができるだろう。

　何かのビラを手渡して来たつるんとした肌の男子学生、カレッジウェアを着てベンチにたむろする男女。Jが横目に観察している彼らは上等とは程遠く、部屋着じみただらしない格好の者ばかりだ。せっせと良い成績を目指していればいいと思っているのかもしれないが、ここに居た俺にはわかる。お前らは、主流であるアメリカのエスタブリッシュメント層をより強固にするために、奴らに刺激を与えて鍛えるために招集されたのに過ぎない。南半球からのこのこやって来た糞オージーの俺もまた、その仕組みへの供物の一つだった。あの奨学金などつまり申し訳程度のお駄賃に過ぎない。Jは気を紛らわせようとして、手元のビラに目を落とした。「ソーシャルメディアの勝利、『アラブの春』を成功に導いたもの」。斜め読みするJは、その内容にいちいち腹を立てる。笑わせるなよ、ガキが。ソーシャルメディアが暴くのは、大衆は所詮大衆に過ぎず、愚かであるが故に大衆であり続けているという真実のみだ。「アラブの春」を「ソーシャルメディア革命」と読み替えるのは結局、人々が新しい「建国の神話」を必要としているからに過ぎない。その時々の体制に都合の良い、軽薄な神話。すっぱ抜いてやりたい！　俺をムカつかせ、いたたまれない気持ちにさせるまろやかな嘘を、粉々に砕きたい。

　気がつくとJはキャンパスの外れまで歩いていた。建物が遠くなり、木々が生い茂っている。このままずっと歩き続ければ、大学の有する池が見えてくる。そこでは筋肉馬鹿（JOCK）どもがあいもかわらずボートを漕いでいるに違いない。Ｊは自動販売機でコーヒーを買い、プラスチック製の椅子でゆっくりと時間をかけて飲んだ。かつてここに所属していた時の記憶が、遠くて余所余所しい夢物語のように感じられた。

大学を後にしたＪは、約束の時間の三十分前にはサンノゼの中心部に入っていた。近くに車を停める場所を見つけてから、指定されたスターバックスに入る。時間より早めに行動するのはＪの性分だ。連絡係のペロウンの話では、相手の方から声をかけてくるということだった。ということは、先方は俺の顔を知っているということだ。俺の写真、もしかしたら動画まで、知らぬうちに撮影されていたのだろうか。Ｊは時計を見る。Ｊの電波時計には一秒たりとも狂いがない。

Ｊが座るのはビルの一階にあるスターバックスの窓際の席だ。ガラス越しに通りが見える。横断歩道を渡り、こちら側に渡ってくるのは男二人、女一人の計三人だ。横断歩道を渡りきるとその内の二人がビルとは反対方向に歩き、残りの一人がこちらに近づいてくる。店の扉を開いて、その男が入ってくる。アジア系、たぶん日本人か中国人だろう。男は一瞬店を見渡すと、迷わずＪに近づいてくる。Ｊは時計を見る。十四時五十九分五十八秒。

「お待たせしました」とその東洋人が言う。

そんな馬鹿な！　と吾輩は思う。

山上甲哉

目の前の男。四十代半ばぐらいの、最前、札幌の吾輩に声を掛けてきたこの男。間違いない。Ｊの記憶に現れた東洋人と同じ人物だ。左側の唇のすぐ上にある黒子の位置まで同じである。

目の前の男は、柔和な笑みを浮かべ、「どうかされましたか？」と聞いてくる。

思い出したと伝えるべきだろうか？　しかし、この男は吾輩のような類いの存在、吾輩とＪの記憶の関連性、こういったことを知ってはいないだろう。「どこかでお会いしましたな」声をかけられた際の言葉が、ふっと頭に浮かんだ。あれは謎かけのようではなかったか。そちらの置かれている状況を良く知っていますよ、と迂遠に伝えようとしていたのかもしれない。吾輩がそのあたりのことを開陳できるのは精神科医ぐらいと思っていたが、思わぬ伏兵の登場である。Ｊの記憶の中の人物。しかし、Ｊは吾輩が彼の意識を覗いていることを知らないのだ。そのＪを介在して、この男と吾輩に面識があるなどということがあり得るのか？　常識的に考えてそのようなことがあるわけがないではないか。しかし考えてみれば、吾輩のような手合いが存在すること自体、常識外れにもほどがあるというものだろう。今更自分でそれを不思議がるというのも妙なことかもしれない。

そもそも、吾輩に起きていることは全て僕の妄想なわけだ。だったら何でも起こりうるじゃないか。他人の中に入るという妄想があり、その時に見た人物が実際に目の前に現れたとして、それ自体も含めて妄想ということであれば何も問題はない。きっと目の前の男とは日本のどこかで本当に会ったことがあって、精神を病んだ僕はそれをJの記憶に出てきた男だ、と思い込んでいるのだ。そもそも、サンノゼのスターバックスのJに会いに来た男と、今札幌のスターバックスで僕の目の前にいる彼は、本当に同一人物なのか？　他人の空似ということもありうる。

いずれにしろ、結論を急ぐのはよくない。考えようによっては、これはなかなか面白い事態じゃないかとも思う。目の前にいる男が何者なのか、こうなったら思う存分妄想をたくましくして、考えてみるべきだろう。

J

サンノゼのスターバックスでJの真向かいに座っている、紳士帽の男。Jは東洋人の顔はどれも同じに見えると思っている。何を考えているのか、どう感じているのか、喜怒哀楽すらわからないこともある。Jによれば、日本人は年代によって特徴は違うが同年代であれば皆そっくりで、中国人は出身地によって特徴が似通って見えるらしい。

「私のことは、Mと呼んでください」

と男が言った。

「M?」

「組織ではそう呼ばれています。あなたがJと呼ばれているように。もちろん本当の名前は別にありますが、ここでは必要ないでしょう。私は、伝言係のようなものです」

伝言係、と聞いてペロウンを思い出す。ペロウンもJにとって伝言係に過ぎなかったはずだ。伝言係からの指示で伝言係に会う。本体はどこにいるんだ? Jは、苛立ちをそのまま相手にぶつける。

「ペロウンに続き、あんたもただの使い走りか。まどろっこしいな」

「ペロウン? ああ、Pのことですね。まあご安心ください、私は使者というより、上役の代理人のようなものです。では、要点のみ伝えたいと思います」とMは言う。「物事のアウトライン。概略、それらを伝えますが、詳細は省くということです。あなたは指示されたことだけをやれば大丈夫です。何の意味があるのかを考えず、ただ行動する。結果を出し、獲物を私どもに引き渡してください。一つの最善なやり方として、これは私からの提案です」

淡々とした口調で述べられたことについてJが自分なりの考えを持つ前に、Mが畳み掛ける。

「一方、別のやり方もあります。あなたの行動が最終的にどういう結果を生むか、先にしっかりと把握しておく。それぞれの行動には結果に向けたかくかくしかじかの意図がある、と。しかしその場合、意図を酌みすぎて現場で有効な手を打つ邪魔になることがある。——すみません。なにやらとりとめないですな。どうも私は要点をずばりお伝えするのが下手でして」

Jは体全体に妙に力が入っていることに気付く。今まで聞いてきた「最後の仕事」の噂は、ありふれたこけおどしにすぎなかったのか?

「あなたにやってもらうことは、私ではなく、別の方から伝えることになります。その方はここからそう離れていない場所で待っています。車で十五分というところでしょうか。もしかしたら、あなたは驚くかもしれません。と言いますのもあなた方は以前会ったことがあるからです。もう覚えていないかもしれないですが」

「会ったことがある?」

Mにはその続きを話すつもりがまったくないようだった。店内を見回して、早く席を立ちたそうな素振りを見せる。Jは残りのコーヒーをゆっくりとすする。これを飲み終えたら、早速移動開始という展開になりそうだった。その前にもう少し情報を引き出しておきたかった。

「要点を伝えるとあんたは言ったね」とJは言う。

「確かに言いました」

「だが、あんたはほとんど何も言っていない。誰かに会う、そしてその誰かがやるべきことについて話をする。その誰かと俺は一度会ったことがある。これじゃあ要点にもなっていないじゃないか。もう少し情報が欲しい。ここに来るのに俺も多少は用心してきた。ペロウンの言うことにすんなり従ったのは、指定された場所が街中のスターバックスだったからだ。ここであれば、危険なことはされないだろうと踏んでのことだ。しかし、結局あんたもただの伝言係で、すぐに場所を変えるとなると、警戒せざるを得ない。わかりますよね？　ワンクッション置くのが余計に怪しい。警戒心を解いておいて、いきなり危ない目に遭わされるんじゃないか？　そんな風に俺が考えたとしても不自然ではないでしょう？」

「私がここで伝えられるのは、」とMは言う。「つまり、先ほど申し上げたことに加えて伝えられるのは、あなたにはあるところに行っていただく、そしてそこであるものを調査していただくということです。こちらには、あなたに危害を加えるつもりは一切ありません。申し上げたことは全て文字通りの意味で、比喩的な意味はございません」

その言葉で満足できたわけではないが、これ以上聞いたところでどのみち何も引き出せそうになかった。そもそもMには、依頼事項の核心について話す権限が与えられていないのだろう。さらにJは、Mの言う場所に自分は行くだろうしそこで組織の人間に会うだろう、と悟ってもいる。従順さのためではなく、好奇心のために。それに抗えないことは、J自身が一番よくわかっている。

　二人で店を出て、Ｊは近くに停めていた自分の車――ＴＯＹＯＴＡカムリの中で待った。Ｍは古い型のＢＭＷに乗って戻ってくると、クラクションを軽く鳴らしてＪに合図し、のろのろと走りだした。サンノゼの中心部を出て東の内陸方向に向かう。しばらく進むと、住宅が軒を連ねている場所に出る。平屋の家屋、四十平米ほどの庭、車寄せにはミドルクラスの自動車。ＭはＢＭＷ5シリーズが停まっている後ろに彼のＢＭＷ3シリーズを停めた。Ｊは道を挟んで向かい側に車を停めた。Ｍが立っている家の玄関ポーチの手前には、「For SALE」の貼り紙があった。呼び鈴を鳴らすこともなくドアを開けるＭの後ろに続いて入る。ファミリー向けの外観とはちぐはぐに、屋内の家具は値の張りそうなものばかりだった。玄関に敷かれたラグを踏んだ感触からして高級さが伝わってきたし、ダイニングテーブルは奇抜なＬ字型だ。それらは間取りや壁紙と不調和で、いかにも急ごしらえな感じがする。アイランドキッチンの先のリビングから、テレビの音と馬鹿笑いをする男の声とが聞こえてきた。かすかに響いてくるテレビの音声はなんと日本語だった。僕にはそのことがわかるが、Ｊにはわからない。Ｊは英語とフランス語を流暢に話すことができ、ドイツ語とイタリア語も片言程度に使えるのだが、テレビの音声はそのどれとも違うと思った。

　テレビの音が止んで、リビングから白人の男があらわれた。Ｍは無言のまま脇に退く。Ｊは男とまともに目を合わせることになった。男はＪにダイニングテーブルの前に置かれた椅子を勧めた。男はJの真向かいに座る。Mは脇に立ったままでいる。

「いやあ、久しぶりだね」

その男とどこで会ったのか、Jには思い出すことができない。歳はJと同じくらいだろうか。眼鏡のレンズは汚れていて、ジーンズにパーカーという大学生じみた格好をしている。髪はブルネット、瞳はグレイだ。

「思い出せない、って顔だね。まあ、無理もないか。君と会ったのは随分と昔のことだものな。しかも一度会っただけだ」

何も思い当たらず、Jが首を傾げていると、

「我々は同じ奨学金をもらっていたんだ」男は続けた。

奨学金？　ふっとJの記憶がよみがえる。オーストラリア大陸から抜け出すために得た奨学金のことだろうか？　一代でのしあがった成金がばらまくあの金を摑むことができるのは、毎年二人までと決められていた。返還義務がないために競争率は高いが、十八歳のJは見事にその資格を得た。だが、Jの等級は二等で、支給額は一等の半分だった。自分より優秀であると評価され、恵まれた待遇で奨学金を受けるのがどんな奴なのか。その興味もあって、Jは奨学生がゲストとして招かれたチャリティーイベントに参加した、その時の男――そう、その男だ、と僕も思う。確かにあの男だ。当時から比べると年をとったが、確かにこの顔。レンズをよく拭いていない黒縁の眼鏡。野暮ったい眉毛の下のどんよりした大きな目で見て

くるが、こっちに焦点が合っていないような感じだ。

「思い出してくれたかな？　しかしあのパーティは耐えられないほどの偽善に溢れていたね。でも、そのおかげで僕みたいな貧乏人が大学に行けたんだから、感謝しなくてはならないんだろうな」

Ｊは返す言葉を見つけることができず、ああ、とだけ声を発する。状況がうまく飲み込めなかった。この男と俺は、同じ組織に関わっていたということなのか？

「ひょっとして混乱しているのかな？　そりゃそうか。でもこれはあくまでも偶然なんだ」

「偶然？」

「そう、我々が同じ奨学金をもらった仲間というのは、あくまで偶然に過ぎない。僕はもっと別の点で君に注目をしている」

Ｊは意識的に強く瞬きをした。十年以上昔の関係者が登場し、俺に最後の仕事を指示する？　誰かが俺をはめようとしているのではないか？　しかしこれが罠だとしたら、何を期待しての？　皆目わからない、酒が飲みたい。いや、相手のペースにのせられてはまずい。とりあえず、目の前の出来事をありのままに捉えなくては。過去のことは関係ない。冷静になって、何を注視すべきか、何を見過ごすとまずいのかを見極める。怯むことはない。この世の中に、俺に対処できないことなんてほとんどないと、自分が一番よく知っているはずだろ？

Ｊは口を開いた。

「いやぁ、随分久しぶりだな。それにしても意外なところで会うものだね。あれから俺もいろいろあったけど、今はくだらない犯罪に手を染める代わりに小銭をもらえるしょうもない組織に属していてね。そこを抜けるためには最後の仕事をせねばならんルールらしい。それで、伝言係に二人がかりで促されて、のこのこやってきたわけだが、まさか君に会うとはね。一体ぜんたいどうなっているのか、教えてもらおうか」

これだけ身も蓋もない言い方をすれば相手のペースを乱せるのではないか、とＪは少し期待して言った。実際、眼鏡の男はちょっとたじろいでいるように見える。が、それも一瞬のことで、余裕ぶった笑みが口の端に戻ってくる。

「そう僕がね、君に最後の仕事を告げるんだよ。というのも、」

Ｊは男の言葉をさえぎって、

「じゃあとっとと言えよ。何をやればいいんだ？」

「その前に、もろもろの経緯を君は知るべきだろうね。君を知っている僕が登場した、その意図は何か。愛すべき偶然とは？　僕がどのような存在なのか。そういった一連の物事を君も知りたいだろうと思うがね」

「支障はあるのか？」

「支障？」

「仕事を遂行するにあたって、君の言わんとすることを知らないと当たり障りがあるんだろうか？」

男は面食らった風に言う。「そうだな、支障はないかもしれない」

「だったら、とっとと仕事の話をしよう。悪いけど興味がわかないんだ」

「わかった、わかった」と男は楽しげに笑い出した。「じゃあ、こちらからお願いすればいいのかな？　事情を聞いてくださいって」

「話したければ話せばいい」

目尻の笑い皺が深くなる。「はは。じゃあ話したいので話すよ。興味がないところ申し訳ないが聞いてくれ。君はどうせ僕の名前なんて覚えていないだろうから、僕のことはEとでも呼んでもらおうか。僕は君の属している組織の幹部だよ。元々は君と同じような仕事を請け負うハッカーの一人だったんだけどね、僕は君みたいにクールに出来ていないから、自分が入った組織の構成が気になった。きっと寂しがり屋なんだろうと思うね。意志決定や権限、業務フロー、金の出所と行き着く先。そんなものを全て把握したいと思った。それでどうしたかといえば、ハッキングだ。君も得意なやつだね。僕も得意なんだよ。当時のＩＴ責任者は今よりレベルが低かった。君が組織に入ってくる前のことだ。僕は大学に入学してすぐに組織に入った。なにせ金が欲しかった。奨学金だけじゃ全然足りなかった。実家に大金を仕送りしていたんだ。捨ててきた兄弟への罪滅ぼしにね。君に言ってもしようがないけれど、僕の故郷の南アフリカでは、落ちぶれた白人家庭ほど惨めなものはないんだよ。同情すらされない。ゴミみたいな存在だったね。ちょっと話が脱線するが構わないかな？」

どうぞ、とJはおざなりに手のひらを差し出してみせる。

「ひどい生活だった。きっと子供が多すぎたんだな。僕を合わせて七人もいたからね。それと、両親は差別をするのが下手だった。自分たちが暮らしていくためには、ある程度の割り切りが必要だ。これは人種差別について言っているんじゃないよ。まったく同じ人種、同じ民族の中にだって差別は存在する。というか、なくてはならない。格差が世の中を動かすモーメントになっている。それは必要悪ですらなくて、単に必要なものなんだ。そのことを僕の両親はわかっていなかった。人間は皆平等であるべきというのは崇高な理想かもしれないが、それはあくまで理想であって現実ではない。差別はよくないから廃絶すべきだと言いつつも、自分の子供たちは黒人とは別の学校に通わせないと。クールに、様々な言い訳を用意してね。だけど、僕の両親にはそれができなかった。結果として、わけのわからないトラブルに巻き込まれて、持っていた土地や財産を全て失うことになった。そこからは悲惨だったね。僕は元々親の土地だった場所で労働者として働いて、ちびちび貯めた金で一そろい服を買って、髪を切り、奨学金の選考を受けるために飛行機のチケットを買った。それですっからかんだ。しかも片道分しか買う金がなくてね。帰りの切符はその場で働いて買おうと思っていた」

俺相手にそんなことをべらべらしゃべってどうする、と思いつつも、Ｊは男がこの話のオチをどうつけるつもりなのか、多少の興味を持って聞いている。「実のところ戻るつもりもなかった。どんな生活であれ、国に戻るよりはましなんじゃないかと思っていた。頭脳にだけは自信があったしね、おまけにこっちは十八の健康な若者だ。誰でもいいから適当に言いくるめて、飯にありつくくらいはできるだろうと思った。家族には悪いけど、しようがない。緊急避難ってやつだ。僕はもっと恵まれた環境に生まれて育つべき人間だったんだよ。とんまな親のせいで高校にも通えず、その日を食いつなぐために働いて、一生をそれで終わっていい才能ではないんだ。そういう齟齬には、誰よりも本人が一番早く気づくものだ。君も受けたあの奨学金は、高校での成績や評判なんていうくだらないことは見ていなかった。選考用のペーパーテストは僕だけが満点だったし、当然一番だった。とにかく凄いんだよ、僕は。そのことを知っていたから、アフリカの南端で日雇い労働しながら、機会を待っていたんだ。新しい土地で、有利な条件で始められる機会をね」

「つまり、あの奨学金は実にフェアだったわけだ」Ｊが突然口を挟む。男はちょっと意外そうな顔になった。鼻の頭をかるく掻いて、「なんだか、話が脱線しすぎたようだ」と独り言のように言った。

「構わないよ」とＪは言う。「俺の時間はしばらくあんたのものだ」

男の唇が何か言いたげに震えた。だが結局言葉にはせずに、一瞬目をそらしてから再びＪ

を見る。「そうか。すまないね。では、極力要領よく話そうか。とにかく、俺は貧困から抜け出す機会を得るために調べまくって、あの奨学金が一番だという結論に達した。なんたってアメリカは、表向きには一時の勢いを失っているように見えるけど、未だ最強の国家だ。出自を問わず、成功できる可能性が開けてもいる。西海岸で一番ハイレベルとされている学校にただで通える上に、生活費以上の金が支給される。でも、奨学金をもらえるかどうか、その結果についてはあまり自信がなかった。単に脳の性能だけで比較すると誰にも負けない自信があったが、世の中にはもっと不遇な環境にある人間はいっぱいいるだろうから。その観点では南アフリカの落ちぶれた白人家庭というのではインパクトに欠ける。だが、まあ結果としては、あの奨学金に関して言えば、とてもフェアに、資質を重視していたようだ。なにせ、僕が一等で、君が二等だもんな」

男はウィンクでもよこしそうな風だった。喉が渇いたのか、Mに水を持ってこさせる。何か飲むかと聞かれて、Jはジン・トニックがあれば、と応える。

「ところで、」とJは男に水を向ける。「何も一等で奨学金を得た自己満足に浸りたくて、俺を呼んだわけではないんだろ?」

「それならそれでいいという気もしてきたな」

「それは助かる」

「しかし、まあ、俺にも組織に対しての示しというものがあるから、そんなわけにもいかんのでね。それにこれから任せる仕事は、君がうちを抜けるかどうかは関係なく、近い内に君にお願いしようと思っていた。最後の仕事ということで、僕から直接依頼できて嬉しいよ。それにしても、良いね。君は話し相手として最高だ。話の邪魔をしない。的確なタイミングで合いの手を入れる。君と僕には似た部分があるのかもしれないな。これも愛すべき偶然だ」

Mがキッチンで作ってきたジン・トニックをJに差し出すと、Jは冷えたそれを受け取り一気に半分ほどを飲んだ。

「俺なんかいなくてもあんたはいい聞き手を見つけるさ。偶然も糞もない。人生は一度きりだ。今目の前にあるものが全てだ」

「そうかな？　本当に人生は一度きりなのだろうか？　そうではない可能性を考えたことはないか？」

「仏教徒なのか？」

「宗教は持っていないさ。興味があるのは、とある島で勢力拡大中のものくらいだね」

「なんのことだ？」

「後で説明するよ。ことは複雑なんだ」

「まどろっこしいな。やるべきことだけ指示してくれたら俺はそれでいいんだが」

Jは、ダイニングテーブルの脇に控えるMに目を向ける。水を持ってこい、カクテルを作れ、共和党のサーバに忍び込んでファイルを全てひっぱってこい、これこれの人物を殺せ、なんでもいい。Mにしているように、俺にも具体的に指示をしたらいい。そしたらそれをやってまで組織に義理を通すべきかどうか、後は俺が自分で判断する。

「物事には、順序もあれば文脈もある。そこを切り離してしまうと、何もかもがひどく味気ないものになってしまうものだがね」Jがじっと黙っていると、眼鏡の男は呆れたように眉を上げた。「まあそれが君の好みというなら、良かろう、味付けは後にしたっていいんだ。端的に言おう」

Jはグラスの底に残ったジン・トニックを飲み干し、黙ってうなずく。

「まず君には、日本である調査をしてもらう。簡単な聞き取り調査だよ。その結果を手土産にして、ある人物に会いに行く。その日本人が今回の標的だ。このMは日本人なので、最初の調査から同行して通訳させるよ。ただ、Mは一足先に日本に入国する。だから現地で集合だ。チケットは後から郵送する。あとの詳細はMから説明させる。それでいいかい?」

それでいい、とJは応える。なんだっていい。早く終わらせよう。しかしなんだって、極東の縁もゆかりもない島国に俺を行かせるんだ?

「**大再現**が起こるんだよ」

男はそう言って、それから、ふっと息を抜くように笑った。

そして、今札幌にいる僕の目の前にはMがいる。万国共通プレミアムコーヒーのトップシェアブランド、スターバックスコーヒーをすすりながら、僕と目が合うとかすかな笑みを浮かべる。僕は目を凝らしてその顔を観察した。見れば見るほど、彼はJの記憶の中に出てきたMそのものだった。

「厳密に言うと、私たち二人が会うのは初めてですよね?」

と僕は言ってみる。男の顔が、我が意を得たりとばかりに明るくなった。

「そうです。厳密に言うと、ね。私があなたにお会いするのは初めてです。ですが、あなたは私を知っているはずとの事です」

「ええと、あの、知っていると言っていいのかどうか。しかし、どうして僕のことをご存知なんですか」

「メールですな。あなたがJ様に送り続けたメール。私どもの組織は業務の性質上、日々サイバー攻撃を受けています。ですから、J様を含めた全ての構成員のメールをスパムメールに至るまで監視しています。あなたの日本語メールも解析され、送信意図が不明ということで暗号通信の疑いがかかりました。それで、文面の英訳も含めた報告がE様の所に上がってきたのです。E様はあなたからのメールを全て読まれました。あなたがどういう存在で、どういう状況に置かれているのかをご存知でおられます。とても興味を持たれて、日本語の勉強までされたのですよ。E様は、ご自分の仕事を自動化しすぎて、なんというか、暇を持て余しておられますから。僭越ながら私も拝読しました。あなたは、えらく長い間、たったお一人だったわけですな。さぞ、お寂しかったことでしょう」

全身の血が沸き立つのを感じる。感情とも呼べない震えが体を包み、目頭が妙に熱くなった。その熱がじんわりと鼻先に広がっていく。僕の綴ったメールは、世間的には突拍子もないこととして打ち捨てられても文句の言えない内容だったろう。それをEという男は、本当に信じてくれているのだろうか？

「信じているというより、理解しておられます。ただ、疑ってもいます。特に淡路島の教祖Sの記憶、あれはなんというか、荒唐無稽ですな。あれをあなたは現実に起きていることとお考えですか？」

「どうなんだろう？　僕にはその種の奇っ怪なことがありすぎまして、いちいち気にしていたら生活が立ち行かないもので。仕事も忙しいですし」

「東北の味覚展のことですね。うまくいくといいですな。E様が来られたら一緒に訪問するようにいたします」

「是非お願いします。ここのところ売上が振るわず、このままでは支店をたたむことになるやもしれません。この街は個人的にかなり気に入っているので、もうしばらくはがんばりたいんですよね。ちなみに、Ｅさんはいつこちらに来られるんですか？」

「まだ決まっていません。あなたのように特別な方が本当に存在していらっしゃるのか、実は疑っていませんが、近々。ことによると手の込んだいたずらではないかとも考えていました。ですがおかげさまで、下調べに出された私があなたご本人にお会いして、間違いなくあなた様が存在することがわかりました。Ｅ様に報告し、予定が決まるのはそれからです」

Ｍはコートのポケットから iPhone を取り出して神妙な顔で操作する。口元を覆って英語で少し話し、報告はそれで短く済んだらしい。やおら iPhone を僕に差し出す。

「やあ、始めまして」と相手は言う。Ｅだ。英語訛りの日本語だが、Ｊの記憶の中の男と同じ声質をしている。

「どうも、はじめまして」

「元気かい？」電波状態が悪く、声がかすれている。

「ええ、元気です。そちらは？」

「元気だよ。色々悩みはあるけどね。それにしても、あなたを発見するのにとても時間がかかったね。人類を代表して謝るよ。あなたはちょくちょくサインを出していたのにね。人類の発展ペースはあなたにとってはとてもスローだったことでしょう。随分寂しい思いをさせたに違いない」

僕は再び、胸に熱いものが込み上げるのを感じた。吾輩のようなタイプの存在は、僕の知る限り吾輩しかおらず、余人からそのありようを正確に理解されたためしがなかった。慣れはしても、決して寂しさが去るわけではない。不意に湧いた感傷は僕を妙な具合に涙もろくさせている。声を発すれば、うわずり震えてしまうことだろう。僕のそんなセンチメンタルな気分を断ち切るように、

「ところで、」と実務的な口ぶりでEは言った。

「ところで、そんなあなたにお願いがあるのです」

「はい?」と僕は反射的に聞き返す。

「あなたにしか出来ないことなんです」

そこで少し間を置いて、Eは言った。

「ね、神様」

S

神について問われるとき、Sは能弁になる。普段はまとまった思考をしないSであるが、世の理（ことわり）の全てを知るがごとき物言いをする。

「イザナキノミコトとイザナミノミコトが海をかき回した矛によって、その身を砕かれた神様がいらっしゃいます。御名前はスッナキミノミコトとおっしゃいます。スッナキミは全てのものに宿ります。あの大いなる海が触れた全て、この淡路夢舞台を形造るコンクリートにも、貝殻にも、咲く花にも、あなた方一人一人にさえスッナキミは宿っているのです」

滅びた文明の遺跡のように蔦の絡まったコンクリートの塔の下を、信者の母子とともにゆっくり歩きながら、Ｓは話す。いつものごとくウェスティンホテル裏の回遊庭園を訪れているのだ。

「時空を超越した場所にいるスッナキミは、正しい行いも醜い行いも、全て等しく見つめます。私たちは自制せねばなりません。欲望をいさめ、正しき行いをすること。同時にまた、自己を解放せねばなりません。欲望を受け入れ、醜さから目を逸らさずにいること」

娘をＳの所に連れてきた母親は、我が子が学校生活にうまく溶け込めないことを気に病んでいた。しかし、本人は既に忘れかけているが、母親の方も昔は同じように、子供らしい生活になじむことが出来なかったのだ。Ｓが母親の記憶を覗いている。異性と深く付き合うこともなく成人し、二十五歳でお見合い結婚をした。相手は島の裕福な一家の一人息子だった。これといった才覚のない男だ。彼女は常に怯えながら生きていた。他人が何を考えているのか推し量るのが下手で、誰もが重要だと知っているものを自分だけが見落とし、自分の人生はいつか取り返しのつかない悪い方へ向かう。彼女の記憶には、そんな怯えが鍋の底の焦げのようにこびり付いている。

「怯えなくとも良いのです」とＳは頭に浮かんだままを言う。「怯えてはいけませんよ。大抵の場合、そうひどいことにはなりません」

「でも、このままでは、この子は一人ぼっちの落ちこぼれになってしまいます」

Ｓは微かに微笑みを浮かべて、ゆっくりと首を左右に振る。滑るように運んでいた歩みを止め、紅を引いた目で母親を優しく咎めるように見つめる。

「あなたのその怯えがよろしくないのです。怯えて待っていてはいけません。怯えるのは、本当に怖ろしいことが起きてからで間に合うのですから。怖ろしさにどうしても耐えられなくなれば、死んでしまえばいいのです。いいですか？　煎じ詰めましたら、最悪の場合でも死ぬだけ、なのですよ」

母親はＳの話を理解しようとして、必死の思いで頭をめぐらす。Ｓの話す内容に重要な教えが隠されていると信じ、その真意を汲み取ろうとしている。でも、死んでしまえばいいというのはおかしいような気がする。

娘の年齢は十一歳だった。歯はすべて生え変わり、初潮も既に迎えている。まず美形と言ってよく、成長すれば母に似た美人となるだろう。周囲からはその容姿にふさわしいだけ人に愛される性格であれかし、と勝手な期待をかけられる。しかしこの娘は人間の心の美醜がよくわからず、昆虫や爬虫類にばかりなぜか惹かれ、他人の心に鈍感である。そのため相手が何かの感情を表すのを見るとつい恐れを抱き、人付き合いを避ける傾向にあった。実のところ、母親の方も精神性は娘とどっこいどっこいで、年齢を重ねて元来の性質が周囲から目立たなくなっただけだ。だが娘はまだ子供であるだけにそうはいかない。

「お聞きなさい」Sは母子に対して力強い口調で言う。「あなた方と私の違いはなんでしょう？　私と海賊の違いは何でしょう？　なぜ自分は自分なのでしょう？　わかりますか？　そら、わからないでしょう。つまり、理由などないのです。たまたま私が私であり、あなたがあなたであるのです。ですから、怯えるのはもうおやめなさい。怯えは、怒りや憎しみと同じ負の感情です。あなたたちが負の感情を持って不幸になれば、それは私のことも不幸にするのですよ。私たちは皆同じ神様から生まれ、スツナキミノミコトもまた、私たち全員の中に宿るのです。それなのになぜ、自分より他人を、またはその逆を重んじる必要がありますか？」

母子の反応を待たず、Sは再び歩き出して言葉を継ぐ。

「これは私の予言ではありませんが、今世紀中に人々は永遠の命を手に入れて死ななくなるでしょう。そして永遠に生きる者の考えがどこまでも拡がり、いつか万物の霊気がこの世界に満ちます。そうしてあなたや私、鳥や魚や石の中にも宿っていたスツナキミが繋がるのです。ばらばらになっていた神が再び姿を現します。スツナキミを交えた国生みのやり直しが行われます。その時に我々は死ぬのではなく、ただ意識が途切れるだけです。この国生みではスッナキミが散り散りになりましたが、次回はそうはなりません」
「スッナキミ?」娘の方が、かすれた声で呟く。
「そう、時の価値が減じ、混沌とした神の時代に戻るのです。最終的にどれだけの人や土地が残るかはわかりません。再現された神々は、その様をじっとみておられることでしょう。我々は自らを鍛えなくてはなりません。そしてさらなる複雑さに耐えねばなりません。よろしいですか?」

Sは母と子の両方の意識に寄り添い、二人の酩酊感を味わう。母子が去った後、Sは百段苑の正方形の花壇の周りを昇り降りしながら、心おきなく混沌の中へと没する。連なった正方形の区画には、ナデシコや玉葱など様々な花や野菜が植わって芽吹きの時を待っている。Sは着物の裾を捌いて花壇の縁の一つに座り、下方の海に目をやる。楕円形が突き出したような船着場が見える。人間らしい思考をしないSは、巨大な空白の時間を過ごす。

J

Eの家から離れ、サクラメントの自宅へ向けてカムリを走らせている間、Jは夢から醒めていくような感覚にあった。早く家に帰り、シャワーを浴びたい。そして何事もなかったように酒でも飲んでいたい。

意地を張りすぎただろうか？　もっと上手く振舞って状況を聞き出した方が良かったかもしれない。そうすればこんな拠り所のない気分にならずに済んだだろうか。だが仕事を引き受けるとはいえ、俺の気分は俺が決める。そこに口出しされる筋合いはない。だから、そう、後悔するべきではない。やると決めた以上は、当たり前な警戒心と驚きと平常心の中で、与えられた仕事をきっちりこなすのみだ。

Mから連絡があったのは翌日だった。Jはしばらく断っていた酒を再び飲み始めていた。意識が飛ぶほどに深く酔った。電話が鳴ったときもJは泥酔していた。

「酔っ払っておいでですな」とMは言った。

「ああ、そうだ」とJは応えた。隠すつもりなど毛頭ない。

「今話をしても、覚えていられますかね？」

「忘れたくても忘れられないのが、この俺だ」

実際、Jは酔っていようが素面だろうがたいていのことは覚えている。僕ほどではないが、記憶力がいい。

Mは大げさにため息を吐く。「酔っ払いとは話をしない主義なのですが、仕方ありません。時間がないですから、手短に話をします」

「奇遇だね。俺は素面の男とは話をしない主義なんだ」

Jは電話を切り、気取りやがって、とiPhoneに向かって悪態をついた。そのままソファ

に寝転んでいると、再び電話がかかってきた。出ると、

「気分はいかがですか?」とMは言う。

「生まれてこの方気分がよかったことは一度もないね」

「バーボンを飲みました」

　Mの声は確かに少し酒気を帯びているようだった。昨日会ったきまじめそうな日本人の顔を思い浮かべ、少し愉快になる。

「はは。今はじめて気分が良くなったよ」

「それは良かった」

　伝言係にしては気の利いた奴だ、とJは思う。

「ところでさ、」Jは言う。「あんたに聞く話じゃないかもしれないが、この仕事を受けなければ、俺はどうなるんだろう?」

「最後の仕事をやらないのであれば、組織を抜けられません」

「組織を抜けないとどうなるんだろう?」

「いつまでもあなたに依頼が行くことになります」

「依頼を無視し続ければ?」

「罰が与えられることになります」

「罰?」

「いずれは殺される、と言う事です」

「そしたら?」とJは言う。

「そしたら?」とMも言う。その声にはこれまでのMらしくない苛立ちが含まれている。

「まあ、いい。止めよう。悪かったね。酔っ払ってるんだ。あんたの邪魔をするつもりはないんだ。あんたのことはどうも嫌いじゃないみたいだし」

「私にできるのは、これからあなたにお願いするお仕事の話だけです。今のようなことを知りたい場合は、いずれE様に直接お訊ねくださるのがいいかもしれません」

Mは一呼吸置く。それから、どこか神妙な声で、「私はこれから札幌に行きます」と続ける。「あなたの行く先は、淡路島という日本の関西にある島です。十日後に現地に向かってください。空路でサンノゼから成田空港、そこからは新幹線です。島へは本州から橋で渡るので、駅で私が車を回して待っています。淡路島では、ある教団の実態を探ってもらうことになります。通訳は私が務めますのでご安心ください。その宗教の教祖が、島の大きな神社の近くに住んでいるという情報があります。伊弉諾神宮という、日本人のほとんどが帰依する宗教の重要な建築物です」

「宗教? 日本人は無宗教か仏教徒ではないのか?」

「違います。彼らはほとんど意識することもなく、信仰が体に染みこんでいます。わざわざ毎週教会にいくような手間をかけずとも。あらゆる生活様式にそれは少しずつ反映されています。ですから、ほとんどの日本人は神を信じています。人格なき神をです」

「そんな話聞いたことがないな」

「あまりに自明なことは語られないものです」

「となると、俺はその神社の教祖に会えばいいわけか?」

Jが言うと、Mはしばし黙った。「違います。なんと言うか、あなたに探してもらうのは、さきほど話した伊弉諾神宮への信仰を利用している節のある、別の宗教の教祖です。淡路島で、三万人ほどの信者を集める宗教です」

「なんだかよくわからんね。酔っ払いのたわごとみたいに聞こえる」

ほほほ、とMは笑った。「確かにそうですな。私も自分で話していて、そんな気がしてきました。ですが、E様は大真面目なんですよ。ですのであなたはそれをやらなくてはならないんです。でないと、場合によっては殺されることになります」

「そしたら?」

「そしたら?」

Mの背後の音がにわかに騒がしくなる。別の部屋に移動したようだ。

「そろそろ行かなければなりません。E様からあなた宛に詳しいメールが入っているはずです。航空券は明日か明後日に到着するように手配しました。出発まで日がありますので、日本についておさらいしておいてください。その辺りのこともE様のメールに書かれているでしょう」

PCを確認すると、確かにEからメールが二通来ていた。件名の前に番号が振られている。Jは「1、神々の遊び」という方のメールを開いた。

「1、神々の遊び

それは、真冬のある夜のことだった。

仕事も金もなく、部屋にはエアコンもなく、オオバヤシは暖をとるため蒲団にくるまってじっとしていた。安手のアパートは冬の寒さから彼を守ってくれない。オオバヤシは眠れない夜いつもそうであるように、将来への不安と、才能への自負がないまぜになって、何度も寝返りを打っていた。同居する相方のニシモリは浅い眠りに就いているが、オオバヤシが寝返りを打つたびに目を覚まし、現実と夢の狭間をたゆたっていた。どのみち明日も仕事があるわけではない。枕もとにある目覚まし時計の針の音が、眠るのを諦めたオオバヤシの耳に妙に障った。こうしている間にも、貴重な時間が流れ続けていくのだと思った。そうでなければいいのに、とオオバヤシは思う。もし、時間が流れなければ、一瞬一瞬の連なりが全て同一のものであり、今がずっと続くのであれば、この焦燥感も消えてなくなるだろう。そうすればきっと、不遇であることへのはちきれんばかりの不満も、周囲に当たり散らしてしまう酒癖の悪さも、ちょっと相手をしてくれた女の子に何度も電話をしてしまう癖も、自分を悩ますあらゆるものが全て正しい場所に収まるはずだと思った。オオバヤシは鼓動が早くなるのを感じた。

その時である。オオバヤシは、不意に閃きを感じかっと目を見開いた。隣で寝ているニシモリを揺さぶり起こす。オオバヤシは目をこするニシモリに、思いついたネタを説明する。ニシモリの寝ぼけた頭にはそのネタのおかしみがいまいちピンと来ない」


そのメールの最後にはURLがはりつけてある。Jはそのアドレスをクリックする。ブラウザが起動し、動画が流れる。一人のアジア系男性が白いガウンを着て立っている。右手を上げ、Jには聞き取れない外国語で何か言う。動画の下の方には英語の字幕がついている。

「ショートコント、金の斧、銀の斧」

男は斧で樹を打つパントマイムを披露する。二度三度と斧を打ち込むうち、斧が手からすっぽ抜ける。


いったいこれは何なんだ？　Jは唖然とする。上半身裸、下は黒タイツという雑な扮装でポーズを取りながら、左右に並んだ二人の男は「私だ」「神だ」と主張している。一種のコメディ・スキットのつもりのようだが、笑い所が全然分からない。イソップ童話を下敷きにしているようでもあるし、二人の神が名乗る名は古代エジプトの王のような響きだ。少なくとも、ディオニューシア祭から今も残っているギリシャ悲劇のような荘厳さは微塵もない。これは、Mが言っていた、日本にある島で流行しているという宗教に関連したものなのだろうか？

Jはブラウザを閉じて再びメーラーを操作する。二通目のメールの件名は「2、ご案内」となっている。

「やあ、どうも。

私からのプレゼントは気に入ってくれたかな？

あのコントは日本の若手コメディアンのコンビ「モンスターエンジン」による、「神々の遊び」というシリーズの一つだ。あのコントには定型がある。だいたいは観てもらった通りなんだが、メンフィスと言う神——勿論これは彼らが作った神であって、エジプトのメンフィス王とは関係はないよ——が、人間のふりをして、困ったり、悪さをしたりする。そうするとメンフェンティスという神が、メンフィスとは知らず、助けに来るか懲らしめにくるかして、すっかり騙しきったところで、メンフィスが「私だ」と正体を明かす。最後の決め台詞は「暇をもてあました」、「神々の」、「遊び」となることが多い。この「神々の遊び」というネタは、２００８年頃に完成されたものだ。

ところで、Mから連絡があったはずだけど、君の行く先は淡路島だ。「本州」と、君の故郷のオーストラリアに似た形をした「四国」に挟まれた島だ。Mはそこで流行中の宗教についても伝えただろう。ちなみに、観てもらった「神々の遊び」はそれとは全く関係ないよ。はは。君には、調査を開始する前に日本について詳しくなっておいてもらう必要があると思ってね。

私が見るところ、今日本において最もよく民族性が表れているのは「OWARAI」文化だ。サムライや忍者、芸者、俳句とか、最近では漫画とか、定着しているイメージは色々あるが、かの国のことをきちんと理解するには「OWARAI」文化を無視するべきじゃない。彼らの幼児性と、あらゆる物事を、そう、神でさえもメタ化しようとする狭いようで深い視点は、島国根性に特有のものだろう。領土意識について未熟なところは、イギリスとは異なっているけどね。先ほど観てもらった「神々の遊び」は、僕が最近ハマっている「OWARAI」芸人のネタだ。なかなかシュールで笑えただろ。

あとは日本の神話について、これもじっくり研究しておいてもらう必要がある。古事記と日本書紀をチケットと一緒に送ったから、読んでみてくれ。日本固有の神話の書だ。因みに、今回の調査の本旨も日本の創世神話に絡んでいる。淡路島の教団の実態を調査して欲しいわけだが、中でもその教義である「大再現」というのに、私は非常に興味があるんだ。所謂カタストロフィ的な終末観だろうと予測されるが、具体的にどういうことなのかよく調べてきてくれ。

最後になるが、君から見れば私の行動は意味不明で、おかしなことに巻き込まれたと感じていることだろう。だが私から言わせれば、巻き込まれたのはむしろこちらの方だよ。詳細は聞きたがらない君だが、君に関係する事実だから伝えて差し上げよう。これは親切心からのことだ。

前にも言ったとおり、私は君の所属している、そして今君がそこから抜けようとしている組織の幹部の一人で、システム全体を見ている。ありていに言えば、君たちハッカーの個人メールまで監視していたりするわけだ。君はただのスパムメールだと思ったみたいだが、実は君宛に、日本から重要なメールがちょくちょく届いていたんだ。今回の仕事のターゲットというのも、メールの送り主であるヤマガミという人物だ。君にも読めるように、英訳した文面を送ってあげる。それを読んだら君はきっと驚くよ。ちなみに私は、それらのメールに書いてあることは、ほぼ事実であると推測している。Mは一足先にヤマガミが住む札幌へ向かい、彼が実在することの裏を取る。

最後に一言。

今時、神からの啓示はEメールでやって来るんだ。

だから、気を抜いてはいけないよ」

「神からの啓示って、おおげさだなあ。というか、僕は神じゃないですし」

「ほう」とEが挑発的な笑みを浮かべ、僕を見据えている。「じゃあ、あなたは何なんでしょう?」

Mにすすきの駅とさっぽろ駅の間で声をかけられた日から、二週間ほどが経っている。Eが本当に札幌にやって来たのは一昨日のことだ。わざわざアメリカから僕に会いに来るEのために、僕は有給休暇をとって、HONDAのインサイトで新千歳空港まで迎えにいった。

Eはファッション誌の「Safari」の中の人みたいな、セレブカジュアルっぽい格好だった。身長は僕よりも10㎝ほど高かった。Eは空港を出て僕を発見するなり、キャリーバッグから手を離してサングラスを外し、立ったまま足と腕とを体の前で交差させる奇妙なポーズを取った。そして、

「私だ」と日本語で言う。

「お前だったのか」と返すべきだったのだろうが、とっさの事で僕は反応できなかった。

一時間ばかりの車中、一度電話がかかってきた他は、Eは僕が雪道の運転に不慣れなのを見てとって大人しくしていてくれた。札幌市内に着いて、時計台の近くにあるレンタカー店

に車を返し、ススキノ方面へ歩く。それから先日Mと一緒に入ったスターバックスで一息つくことにした。そこで挨拶もそこそこに、Eは僕からJに送ったメールのことを「神からの啓示をありがとう」などと言うのだから困ってしまう。

「単なるいたずら目的だったんですよ。Jさんが日本語を読めるなんて、考えていなかったし」

「しかし、僕が気付いた」

「想定外ですね」

「まあ、人生色々なことが起こるよ」そう言って、Eは思い出したように「そうそう」と呟いた。アタッシュケースをテーブルの上に乗せて開き、頑丈そうな紙ばさみを取り出して、白い手袋を嵌めた。

「見せたいものがあるんですよ」

そう言って紙ばさみを開くと、そこには古い羊皮紙の断片があった。こう書かれてある。

HOMO SUM. HUMANI NIL A ME ALIENUM PUTO.

「『私は人間である。人間に関するもので私に関係しないものはないと考えている。』おそらくこれは、あなたが書いたものですね？」

鼻の奥に迫り上がってくるような痛みを覚える。正しくその通りであった。当時の吾輩は、ローマの役人の下で奴隷から食客へと格上げされ、古代ギリシャ劇の研究に没頭していた。その魅力に心を奪われ、自分でも劇作を試みたのである。自作の戯曲中にさり気ない形で、己れの存在のいたたまれなさを込めてみたいと思った。そうして浮かんだのがこの言葉だった。以降これを座右の銘とし、生まれなおす度にどこかでこの言葉を残してきた。吾輩は人間である。そのことに間違いはない。ただ一風変わった類いの人間であるだけのことだ。

「やはり、そうですか。これは現存するテレンティウスの原本であると言われています。こういうものを集めるのを趣味とする知り合いがいて——彼については後で詳しく話しますが、その人から借りてきたんです。あなたからのメールを読んで、もしやと思ったんだけど、やはりそうだったたか」

あれはどれほど前のことになるのだろう？　西暦が始まる少し前のことだから、二千年以上は経つのか。時代遅れの羊皮紙なぞをよくまあここまで保管しているものだ。吾輩は懐かしさのあまり、仔細に見てみたくなる。手を伸ばすと、「貴重なものだから触らないでください」とEに制されてしまった。

共和制時代のローマにおいて、悲劇ではなく喜劇を上演する。それが当時テレンティウスであった吾輩の理念であった。人間の生は悲劇ではなく、喜劇であるというのが、延々生まれなおしてきた吾輩の実感でもある。Eは羊皮紙をしまい込みながら、「こんなに喜んでもらえるとはね」と満足気にしている。吾輩の手による書とはいえ、貴重な文化財をわざわざ持ち出して来てくれるとは、Eは誠に親切な男だ。

「吾輩もたいがいには色々経験したもんだが、こういうパターンはなかったなあ。いやぁ感動した。ありがとう」

我知らず「吾輩」と言ってしまったが、今生では変な奴だと思われたくないために、日常の会話では言わないように気をつけてきたのだ。しかし、Eは気にするでもない。

「よかった、よかった。よかったついでにいくつかお願いがあるんだけれど」

「そうですか。まあ、なんでも言って下さい。大抵のことは引き受けますよ」

吾輩はそう請合い、Eは勿体をつけるようにゆっくりとコーヒーを飲んだ。

「あなたが石原莞爾であった頃に構想した、世界最終戦論について聞かせてください」

ここ日本国の人々ならば、吾輩が関東軍参謀の石原莞爾であった頃に唱えた最終戦争論を知る人も少なくはないが、異国人でそんなことを知っている人は多くないだろう。戦争研究者か日本史研究者、そのあたりではないか。Eが知っているのは、吾輩が前にJに送ったメールの一つに、石原莞爾時代のことを綴ったからだろう。この日本が、まさに泥沼の戦争に突入しつつあった頃の騒擾(そうじょう)を思い出す。長きにわたって人類の歩みを観察してきたが、特にここ百年の技術の進歩には目覚しいものがある。最新鋭の技術が実用化・量産されるのも時間の問題と、あの時代にも容易に予測することができた。百万都市を一瞬で破壊しつくす火器や、着陸することなく世界を何周もする移動機械。それらは人類が未だ経験したことのない総力戦の呼び水となるやもしれぬ。そうして血みどろの争いの末、最後に残った勝者がただ一つの政府となる。その辺りのことを京都で弁じた一九四〇年の講演内容が、今やインターネット上の青空文庫で読めるのだから、便利な時代になったものだ。

「あなたが唱えた世界最終戦争についての予言は、今でも有効だと考えていますか？」

「どうだろう？」

「とぼけるのはなしにしましょう」

「いやいや、とぼけてはいないです。結局その予言どおりにはならなかったのですよ。三十年で最終戦争はおこらなかったわけで、大はずれもいいところです。だから、予言はもうやらないと決めたんです。それから、この生はちょっとまったりやっていこうと思っているので、あんまりそういう大仰なことは考えないことにしています」

「大抵のことは引き受けるとあなたは言った」

しまったな。確かに言った。

「わかりました。思うままを答えますがね。物理的な形での世界戦争にはならんでしょうねぇ。石原莞爾だって、最終戦争に備えて満州国を造ったと言いつつも、本当のところは民族の協和を目指していたのです。つまり次の段階に起こる争いは、国家や民族の枠を越えた、人々の内面の取り合いになるのではないでしょうか」

　世界最終戦論とは、石原莞爾であった吾輩が示唆してみせた避けるべきディストピアのことだ。吾輩に言わせれば、どこの国に生まれようとそれはたまさかのことにすぎぬので、当時出自であった日本国の軍人として出世し、民族、国家、主義その他もろもろのややこしいものを解体しようと画策したのである。激動の時代に乗じていけるかもしれないと思ったのだが、やり方が急進的に過ぎた。満州国の建国まではうまくいったものの、「五族協和」には無理があったらしい。日本、中国、朝鮮、満州、モンゴルから始め、全部でいくつあるのかわからんが、最後には全民族の協和までもっていければ治まりが良い。しかし、満州国建国のきっかけに事変を起こしたのはやはりまずかった。道義的に言っても、それによって死した少なからぬ人は、一度の生しかなかったのだから。

　泥沼化したあの太平洋戦争のことを思い出し、吾輩は重苦しい気持ちになった。石原莞爾であった時代の話を打ち切りたいと思い、下を向いたままコーヒーを啜る。するとEが「そうそう、東北の味覚展、伺えなくて残念でした」と話題を替えた。さすがにEは頭の回転が速く、人の気持ちを汲み取るのも上手である。そう言えばMはEを連れて東北の味覚展に寄ると言っていたが、結局二人とも来なかった。

「天気が幸いしたんでしょうね。吹雪が続いた中であの三日間だけ、嘘みたいに晴れが続きました。お陰様で大盛況でした」

これで吾輩の所属する札幌支店を閉める可能性も減ったはずだ。最近強く思うのは、こういった一つ一つの役目をきちんと果たし、その都度達成感を味わうのは非常に大切だということだ。ことの大小は吾輩くらいになってくるとあまり関係ない。和やかな心持ちになって、Eの今後の日本での予定を聞こうとした矢先、

「ねえ、神様」

と、Eが再び妙な呼び方をしてくる。

「だから、僕は神様なんかじゃありませんって」

「あんたがどう思ってようが関係ない」

Eは、先ほどまでとは打って変わった険のある目付きになっている。膝を細かく揺すっている。

「あんたには神様としてやってもらいたいことがある」

「何を言ってるんですか?」

「世界を正しいあり方に戻すんだ」

これはまた大層なことを言う。だがまあ、この手の男は長年生まれなおしているとちょいちょい現れる。大抵は自己過信気味の困った奴だが、現実に「世直し」をしてみせるほどの実力と胆力を伴った逸材が現れることもある。Jの記憶によれば、Eは後ろ暗い組織の幹部をしているような男だ。吾輩の事情を見事に察してくれたことには感服するが、それも邪な

目的のため、あるいは本当は信じていないのにそうしたふりをした可能性もある。Eにとって吾輩に何の利用価値があるのかは、皆目見当がつかない。Eがどこまでやる人間なのかは分からないが、警戒するに越したことはない。

J

Jはまさに今、Eの手先として動いている。日本に向かって太平洋を横断中の機中にいる。Jがこれまでに滞在したことのある国は故郷のオーストラリア、今住んでいるアメリカ、旅行で行ったことのあるイギリスなので、英語圏以外の土を踏むのは初のことだ。

Jのスタンフォード大学時代には日本のカルチャーに妙に嵌っている連中がいたが、ゲームやアニメを趣味とする彼らとJは交流を持たなかった。今まで意識したことはなかったが、Jにとっては英語圏だけが世界であり、それ以外はおまけみたいなものだった。なんだってわざわざ滅びゆく文化を知る必要がある？ ビジネスであれ言語であれ、最後に勝ち残るのは一つだけだ。決着がつくまでは切磋琢磨すればいいだろう。しかし一度決着がついてしまえば、勝ったもの以外は徐々に消えていく運命にある。そしてJに言わせれば、言語については現時点で既に勝負がついている。英語の圧勝だ。さらに、言語でデファクトを取るということは、人の内面世界を支配する主導権を握るということでもある。つまり英語を巧みに操り、英語圏で最も影響力を行使できる人間が、世界で最も優秀な人間と考えていいはずだった。なのに何故、今更日本の神話なんて読まなくてはならないのか。意味がわからない。少なくとも、意義を感じない。

とはいえ、これは仕事だ。Ｊは不承不承ながら古事記を読み、日本書紀を読む。どの言語圏の神話も似たようなものだが、やはり日本の神話も世界の創造から始まる。ユダヤ教やキリスト教で言うところの天地創造に当たるものに、日本書紀では天地開闢という名前がついている。混沌とした状態の世界が陽と陰に分かれて天と地となって、その中に葦の芽のようなものが生まれ、これが神となったそうだ。葦の芽のようなもの？　一代目の神に性別はなく、次の世代から男女セットになって神が登場するだって？　日本書紀のややこしいのは、この一代目の神がどういう神であったのか、様々なパターンが記述されていることだ。Ｅから渡された英訳本にはそれらの全てが記載されているので、読みにくいことこの上ない。「本文」に対して、異伝が第一から第六まである。語り継がれる内に様々なヴァリエーションが加わったということだろうか。あるいは別々の部族の神話を後から一つにまとめたのか。どうやらこの書は、現在も日本の象徴として君臨する天皇が、神々の末裔であることを記したものであるらしい。ぐるぐると海をかき混ぜて日本列島を作ったのはイザナキ、イザナミという神話上の神で、天皇は神々の子孫だと？　それがＧ８に数えられる先進国の一つとは！　アニミズム信仰から原始的宗教が生まれ、革新的な宗教家が宗教を改革し、その宗教を用いて領主が土地を治めやがては王権化し、民衆革命でそれを打破するという、一般的な社会の発展過程とは無縁だというのか。JAP! どうなってるんだ！ Ｊはそれまで日本についてて興味がまるでなかったが、なにか痛快な思いがして、そう心中で叫んだ。

Ｍが用意したチケットは快適なビジネスクラスだったが、古事記と日本書紀のせいでＪはすっかり草臥れている。資料の大方は読み終えたと我が身に言い訳をして、客室乗務員を呼びバーボンをグラスで頼む。アルコールで眉間の強張りもほぐれ、故郷のオーストラリアの神話のことをふと考える。アボリジニたちも神話を持っていることは小学校で習った。それは自然現象への崇拝が基になっていて、各地の部族が別々に、他愛ない創世神話を語り継いでいたはずだ。神話の時代のことをドリームタイムと呼ぶんだったっけ。アボリジニの夢とは、「生活する、旅をする」という意味を持つらしい。

バーボンを飲み終えたＪは、Ｅが渡したもう一つの資料を読み始める。それは本の体裁にはなっておらず、パソコンで打ち込んだ文書をそのまま印刷してホチキス留めしてある。「大再現」というタイトルを見たＪは、これが今回の調査の本旨であるとＥのメールに書いてあったことを思い出す。イザナキノミコトとイザナミノミコトの矛の話がこの資料にも記述されているが、スツナキミノミコトという神が出てくるところが他と異なっている。Ｊは、他の二つよりも遥かに少ない分量の資料をすんなりと読み終え、これも創世神話の異伝の一つだろうと解釈した。

S

一人でいる時のSは、目を開いてはいるが何の像も見ず、鼓膜は震えているのだろうが音に気を取られない。大勢の信者たちの意識が、深海を漂う目の退化した魚のように往来する。三万人を超す信者は、今日もそれぞれの活動に勤しんでいる。ある者は早朝から漁に出て、ある者は大橋を渡って神戸に出る。思春期の若者が異性への恋慕に胸を焦がし、寝たきりの老人が娘の不手際に憎しみを募らせている。先日会いに来た母娘は**大再現**の教えによって心の平安を束の間保っていたが、人生への不安が再びむくむくと頭をもたげ始めている。

午後六時になって早乙女が訪れる。珍しくその予定を覚えていたSは、これもまた珍しく意図的に早乙女の意識を覗いていて、呼び鈴がなると同時に戸を開けた。さらに自宅にいる時にしては珍しく、Sはおしろいを塗って正装し、太陽の冠まで着けている。鏡台のある畳部屋に通された早乙女は、寒々しい蛍光灯の下でSの冠が安っぽく光るのを見る。

「海賊団の長だったという男が、一昨日私のところに来ました」

早乙女は緊張を隠せず、先生に対して挑むような口調になってしまったことを後悔した。

「そうですね。それで、あなたはどうするのですか?」

Sは早乙女の意識に寄り添っている。早乙女が海賊の長に会ったこと、その後に煩悶を重ねたこと、早乙女が今緊張状態にあること全部を知っている。

「私にこの島から出て行くようにと彼は言いました。彼はそれがあなたの意向だと言うのです」

島の外で特別な使命を与えられるのであればいい、と早乙女は願っている。島を出て行けというのは、まさか破門ということなのだろうか？　自分は何か過ちを犯したのか、あるいはそんなに不信心だろうか？　そもそも先生の教団における信心とはなんだろう？

早乙女は突然腕を引かれ、鏡台の前の座布団に座らされた。Sは行き当たりばったりに行動しているだけではないのか、と僕は時々思う。そうでなければ、魚並みに頭が悪いのかもしれない。Sは化粧道具が載った文机の白い皿に直接指を浸し、ぬめり気のあるものを早乙女の顔に塗り付ける。早乙女はあまりに驚いて動くこともできず、まだらになった自分の顔を鏡の中に見た。「目を閉じてなさい」と言うと、Sは刷毛を使って本格的におしろいを塗ろうとする。早乙女は体をのけぞらせ、鏡の前から離れようとした。

「何事であれ拒んではなりません」とSが言う。早乙女はびくりと体を硬直させる。鏡には女形の化粧を施したSと早乙女の顔が隣り合って映っている。

「拒むうちに凝り固まったものが生まれます。あなたを苦しめているのは、その冷えて固まった心です」

長らく求めてきた教えがもたらされるような予感があって、早乙女は素直に目を閉じ、顔をSの方に向ける。

「国生みの再現は私一人ではできません。あなただけでも無理です。スツナキミが蘇られたら、今ある世界の最初から終わりまでに起こったあらゆる物事を勘定に入れて、スツナキミのお姿を保ったままで、次の国生みをしなければなりません。あなたの苦しみはそこで晴れ渡ります。ですから、この世界が生まれるために御体を砕かれ、この世のすべての存在の内側に分け隔てなく宿ったスツナキミのことを、他の誰でもなくあなたが見つけて差し上げなさい。スツナキミノミコトの真のお顔は**無**です。あなたの生きている虚しさ、無駄に終わる物事、それらの苦しみ全ての中に、スツナキミの御姿を探してごらんなさい」

早乙女が目を開けると、鏡の中に真白く塗り終えた顔があった。膝立ちをしたSは、ちり紙で手を拭っている。文机には紅も墨もあるが、それらを使おうとする風でもない。ふいに呼び鈴が鳴った。Sはすっと立ち上がり、玄関まで歩いて引き戸を開けた。そこには二人の男が立っている。それがJとMであることが僕にはわかる。Sは二人ともを知らないが、他の信者にするのと同じように招き入れる。応接間の椅子に腰を沈めた頃、我に返った早乙女が慌てて出てきて白塗りの顔のままで給仕をしだす。並んで座ったJとMに向かい合う格好でSも腰を下ろす。

沈黙が流れる。双方とも口を開かぬまま睨み合っている。Jは至極戸惑っており、Sを見て「カブキ」の言葉を思い浮かべるが、宗教との関連が見出せずにいる。オレンジ色の着物で冠を着けた方が教祖で、もう一人は下働きだろうか？　ともに顔をピエロみたいに白塗りにしているが、この二人は男なのか女なのか？　そこからしてわからない。JAP!　どうなってるんだ！

「あの」と沈黙を破るのはMである。調査仕事はJの受け持ちであるはずが、当人はすっかり萎縮して、足を組んで座った靴下の爪先を見つめている。

「はじめまして。あの、先生でいらっしゃいますか？」とMは続ける。Mもいささか物怖じしているようで、膝に置いた紳士帽の縁をいじっている。

「そのように呼ばれることもございます」

「では、あなた様がSさんですかな？」

「ええ、そうです」とゆっくりと頷くSは、いつものごとく目の前のことを放ったまま、信者たちの意識の上を漂流し始めている。名を与えられることもない微細な心の揺らぎが、瀬戸内の小波のように浮かんでは消えていく。Sは目の前に客人がいることも忘れかけている。

Mが、Jの肩の辺りを叩いて嬉し気な顔をする。目当ての教祖を発見しましたよ、どうしますかとMに聞かれたJは、これは参ったと思った。かの組織から今までに依頼されてきた仕事とは、あまりにも勝手が違う。JAPだらけの中で、俺にどうしろって言うんだ。Eは俺を困らせたかっただけなのか？　しかしこれは自分で引き受けた最後の仕事だ。Ｊは腹を括ってＳの白塗りの顔を見据え、英語で質問を始める。それをＭが丁寧で柔らかい物言いの日本語で通訳する。大意としては、

「あなたの主宰する宗教について教えてほしい。我々はそのためにはるばるアメリカから来た。教義はどういう風になっているのか、信者はあんたの何を信じているのか。特に**大再現**については詳しく教えてもらいたい。俺は『古事記』と『日本書紀』と『大再現』を読んできた。だから、専門的な話をしてもらって構わない」となる。

Ｓは垂れ目がちに紅を引いた目で、おっとりとＪを見つめて答える。

「是非、あなたのすべての疑問に答えましょう。そうして差し上げたいと心から思っているのです。ですが、あなた方は私の信者ではありません。ゆえに私はあなた方に語る言葉を持たないのです。私にはあなた方のことがわからない。これ以上私の言葉を欲するのならば、あなた方は私の信者にならねばなりません」

Ｊは、腕組みをして嘆息を漏らす。

「しかし、そう深刻に考えなくとも良いのですよ。ぬるくお考えください。私の信者になったからといって、無理に布教や修行をする必要はありません。用が済んだら自由にお国にお帰りになってよろしいのですよ」

「俺は、あんたらの組織から抜けるためにこの仕事を受けた。宗教だろうがなんだろうが、

別の組織に縛られる義理はない」

Ｊのこの発言は、Ｍに対するものだ。Ｍは断りを入れて玄関に行き、電話を一本かけた。相手はＥだったらしく、戻って来たＭは、遠方にいるＥは信者になれるかどうかとＳに訊ねた。本人の同意があるのなら、誰かが代理でノートに名前を書けばいいそうだった。さらに、上役のＥが信者になれば、ＪやＭが入信する必要はないらしい。これまた随分ぬるいものだ。早乙女が黒表紙のノートを出してきて、Ｍがそれに Ｅの名前を記帳すると、Ｅの入信は完了した。確かに、布教活動もお布施もないのであれば、実質何も問題ないと僕も思う。ただし、Ｓの信者になるということはＳに意識を覗かれるということで、さらにそのＳを覗いている僕にも記憶を覗かれるかもしれない。Ｅ自身は、そのことに気づいているのだろうか。

Ｊ

しかし、どうにも納得できないことが一つある。僕がＳの意識を覗いている時に、ＥはＳの信者となったが、一方でＪの記憶を後から覗いてみると、ＪとＭの二人は、ＥをＳの信者にする手続きなんかしていない。そもそもＪの記憶の中では、それと間違いなく同じ日時に、二人はＳに会ってすらいないのだ。この食い違いをどう考えればいいのか、僕には全くわからない。

Ｊが新幹線で西明石駅に着いた時、外は既に暗くなっていた。駅に着いたとＭに電話をかけると、外の車回しにいる白いプリウスまで来るように言われた。助手席に乗り込んだＪが見たＭは、札幌で僕に会ったときとまったく同じ格好で、紳士帽と山吹色のマフラーも後部座席に置いてあった。駅から二十分ほど走ると、淡路島方向の海峡にライトアップされた大きな橋が架かっているのが見えてきた。明石海峡大橋は吊橋構造で、吊橋としては世界一の長さを誇るのだとＭが説明する。橋を渡りきってすぐのサービスエリアに車を停め、Ｍは売店の並ぶ建物に入っていく。そこでＭが買ってきてくれたハンバーガーを観覧車の下の展望台で頬張る。オニオンの甘さがなかなか美味で、ＪはＭのことを伝言係としてだけでなく案内人としても気が利いていると思った。よく晴れた月夜だった。湖のように静かな瀬戸内の海を挟んで本州と淡路島が向かい合い、ライトアップされた橋が夜を割いてその二つを繋ぐ。対岸の神戸と明石の町の灯が、山の稜線を背にして煌めいている。いやいや、これは絶景ですな、とＭは日本語で呟く。何を言ったのか聞き取れなかったＪが振り向くと、Ｍは頬を上気させて少し若返ったような顔になっていた。二人は再び車に乗り込み、海岸沿いに走ってすぐのホテルに宿泊した。日本に滞在するということで、Ｊとしては和風の旅館などを期待していたのだが、コンチネンタルな造りの大きなホテルだった。上階に上がったエレベーターホールでＭと別れ、自分の部屋に入る。ルームサービスでウイスキーを頼み、移動で疲れていたＪはベッドに入るなり眠りに就いた。

翌日遅くに目を覚ましたJは、シャワーを浴びて着替えをすませ、備え付けのドリップコーヒーを入れた。タイミングを見計らったかのように部屋の扉がノックされる。ランチのリクエストを聞かれたJは寿司がいいと言い、Mが iPhone で店を選ぶ。手持ち無沙汰のJは、エレベーターホールの大きなガラス窓の向こうを眺める。昨夜は真っ暗で気がつかなかったが、山の斜面が正方形の棚田のように整備されている。それがSの出没スポットとして僕がメールに書いた百段苑であることに、Jは気づかない。Jが見ている景色にSの姿はなかったのだが、もしも法衣姿のSが百段苑に立っていたなら、きっとすぐに目に付いたことだろう。

タクシーに乗って二人が訪れたのは、老舗らしき檜のカウンターの寿司屋だ。僕としてもこれはうらやましい。年収八百万円を超えると寿司が止まって見え始めるそうだが、今のところ僕の前で寿司は回転してばかりいる。職人の腕がいいのだろう、若干大味なネタもあったが、Jが食べた寿司はネタ毎にシャリとわさびの量が調節されていてどれも旨かった。特に播磨灘産のコハダは絶品だった。店の大将は愛想が良く、寿司を握る間もよくしゃべった。客がJとM以外にいなかったということもあるのかもしれない。Jは出身を聞かれ、オーストラリアだが今住んでいるのはアメリカの西の方であると伝える。

「海は近いんけ?」大将が訊ねた。通訳に回ったMが、

「まあ、近いですな」とJの答えを伝える。

「その辺だと、何釣れるんけ？」

果たしてサンフランシスコの湾で何が釣れるのか、Ｊは知らない。そもそもあの辺りで漁は行われているのだろうか？　首を捻っているＪの返答を待たずに、大将が話を継ぐ。

「若い時分はな、海外を転々としとった頃があったよって、色んなところでよお釣りしたもんやわ。今は店のほうが忙しくて」

その顔は確かに釣り人らしくなく、色白で小ざっぱりした板前さんのものだ。

「私も生まれは金沢ですけどね。今はどういうわけかアメリカに住んでいますよ」

へえそうか、Ｍは金沢出身なのか、と僕は思った。

「やっぱりこのハンサムな人とおんなじとこにおんの？」

「ええ、同じカリフォルニア州ですよ」

「へぇ、カリフォルニアやったら聞いたことあるわ。ほんだら、金沢の辺りでは何釣るんけ？」大将は釣りにしか興味がないようだ。

「アイゴ、アイナメそのあたりですかね」

「アイゴなぁ、あれ握りにくぅてな。クセがあるんよ。アイナメやったら今朝ええの入ったんやけど、食べるけ？　わざわざ海外から来たんやから、サービスすんで」

曖昧な笑みを浮かべてやり過ごしていたＪに、寿司を一貫プレゼントしてくれるそうだ、とＭが説明する。Ｊはカウンターに座ったままお辞儀をし、ありがとう、と日本語で言った。

大将は少し照れたように笑った。

「ほんで、なんで淡路島に来たんけ？　こっち、もしかしてハリウッドのスターさんかなにかけ？」大将がアイナメの握りを二人の前に置いてくれる。

「いえいえ、違いますよ。淡路島で調査することがあるんです」

「えー、まあこんなところに、たいしたもんはあらへんやろが。何を調査するんけ？」

「宗教ですね」

「宗教？」大将の声が裏返る。

「この島で流行っている宗教があると聞きまして」

「うちの周りは大概、法華経か真言宗で他あ聞かへんけど、なんしか私は南無妙法蓮華経くらいしかわからへんわ」

「いえ、これが九〇年代の頭に始まった新興宗教で。伊弉諾神宮の近くに教団の代表者がいるらしいんですが、聞いたことありませんか？」

「いいや、聞いたことないで。伊弉諾さん行くんやったら、高速乗ったらすぐやけんどな」

　JとMは一旦ホテルの駐車場に車を取りに戻り、そのまま伊弉諾神宮に向かった。神宮近くの道路は田畑に囲まれていて、等間隔に石の灯籠が建っていた。二人は形ばかりのお参りを済ませて、近隣の住宅を調べ回ることにする。Sの家を探すには、近隣を一軒一軒当たってみるしかない。もちろん僕は、Sがいつも帰って行く家がどこにあるか知っている。しかしＪに送ったメールには、歩いて伊弉諾神宮に行ける所、としか書かなかった。悪いことをしたと思うが、まあ住宅の数自体しれている。

どういう方便を使って訪問するか、これにはＭがいい手を思いついた。呼び鈴を鳴らす、家人が出てくる、そこで「先生はいらっしゃいますか？」と聞くのだ。Ｊには日本語のニュアンスがよくわからないが、Ｍが言うには大抵の場合、「先生」をつけておけば快く応対してくれるとのことである。教師、弁護士、医師、会計士、用心棒、教祖、いずれにせよ「先生」と呼んでおけば通るという、便利な言葉であるらしい。だから玄関先で「先生はいますか？」と訊ねれば、先生と自負する、あるいは家の人がそう思っている人物が居る場合は会えるだろうし、居なかった場合は、ひょっとしてご近所のあの人かしらと教えてもらえるだろう。ここまでＭの機知に感心してきたＪは、Ｍの案を英語で誉めそやした上で大賛成する。その気になったＭは勢いづいて、十軒ほどをピンポンピンポンと鳴らして回る。しかし、インターフォン越しの三人と表まで出てきてくれた三人、都合六人の人たちは、口を揃えて先生はここにはいないと答えた。残りの家を回っても収穫は無く、夕暮れが迫っていた。Ｍは留守だった家が気になると粘ってみせたが、Ｊが今日の所はホテルに帰ろうと説き伏せる。

伊弉諾神宮の駐車場に向かって無言で歩いていた時、Ｊは細い人影とすれ違ってぎょっとした。Ｊが驚いたのは、相手の顔が夜目にも白くまだらになっていたからだ。傍らのＭがすかさず進み出て、小柄なジーンズ姿の相手を呼び止める。街灯の下で振り返ったその顔には、ところどころに白い塗料が付いているようだった。

「ぶしつけですが、もしや先生をご存じですか?」

そうか! とJはMの考えに気づいた。あの訳のわからないメールには、教祖は顔を白く塗っていると書いてあった。頭の片隅が粟立つような感覚があって、Jはその顔をまじまじと見つめた。どこかで見たことがあるような気がした。足を止めた人物は、かすれた声で知りませんと答え、足早に立ち去った。

ホテルの部屋に戻ってシャワーを浴びていた時のこと。先ほど神宮の脇ですれ違った人物のことがどうしても気になるJは、白い塗料を差し引いてみたりしながら、脳裏にこびりついた顔を思い返していた。そしてOh! と声をあげる。そう、あの顔は、スタンフォード大にいた日本人留学生だ。俺のプログラムにケチをつけてくれた、根暗な奴だ。サオトメと言ったっけ。やっと気づいたか、と僕は安堵する。しかし、なぜ、あいつがここにいるんだ? とJは思う。むしろ、なんでお前が淡路にいるんだ、と僕は思う。

山上甲哉

Jの記憶の中で早乙女の顔に付いていたおしろいは、Sが指で塗り付けたものだ。Sの記憶の中で見たのと全く同じ模様だったから間違いない。しかしあの後、Sは早乙女の顔全体を綺麗に塗り終えたはずだ。その時にMとJがSの家に会いに来て、給仕をする早乙女の顔を見た。それは完璧な白塗りだったから、Jは昔の学友に気づかなかった。これは、どういうことだろう？　他人の記憶が流れてくるだけでややこしいのに、それが互いに矛盾しているなんて、ややこしいを通り越して腹立たしい。

腹立たしいといえば、Eの態度だ。三日前の札幌の喫茶店で、Eはこちらの気持ちを無視して僕のことを神様呼ばわりし「世界を正せ」などと長口上を述べた。それだけではない。Eは僕のことをまるで機械製品かなにかのようにみなし、「仕様が曖昧だ」などと責め立てた。Eは僕が今生においてJとS二人の記憶を有していることにも、「もう少し仕様を詰めてもらわないと困るな」などと文句を付けた。Jの記憶についてはE自身の記憶と整合しているからいいとして、Sの記憶が非現実的かつ不明瞭であることを特に難詰された。他人の記憶が流れ込むというのは僕にとっても初のことなのだと訴えても、Eは聞く耳を持たない。あまつさえ「今からJとMが教団の調査に行くので、あなたがいい加減なことを記憶しているのなら、すぐにバレますからね」などと脅すのだ。

しかし、彼が僕を非難したくなる気持ちも理解できる。僕はJ宛のメールにおいて、かつて古代ローマの劇作家であったと書いた。Eは僕の座右の銘からこれがテレンティウスであることを見抜いたが、それは正しい。ところが、僕はカール・グスタフ・ユングであり石原莞爾であったともメールに記している。これはおかしい。なぜなら、ユングと石原莞爾は存命期間がかぶっているからだ。これには、僕も気がついてびっくりした。存命期間がかぶっているだって？

そんな馬鹿な。僕にはそれら各人の記憶が確かにあるのだ。そして僕はあらゆる記憶を失わないはずなのである。これは一体どういうことなのか？　僕はユングと石原莞爾の記憶を探り、各々が新聞を読んでいるシーンを呼び出した。たとえば、１９４５年8月15日、かの苦き敗戦の記事。確かに石原莞爾とユングは別々の言語で終戦の記事を読んでいる。

もしや他人の記憶を持つという現象は、山上甲哉になる前から始まっていたというのだろうか？　例えば、ユングか石原莞爾のどちらかは他人の記憶であるとすれば、説明がつきそうな気もする。とすれば、僕はそのことを忘れていたというのか？　まさか！　ところで、一つ前の生は誰だったっけ？　僕はそのことを覚えていないのに気づいて愕然とした。大勢の記憶が時間軸もばらばらなままにあるだけだった。多くの歴史上の人物の記憶と、無名の人物のそれとが茫洋と広がっている。そのどれからも等しい距離に僕がいる。それぞれの人生が記録映像のように残っていて、そのどれもが親密に感じられる。すべてが確かに自分で経験したことである気もするし、どれも違うと言われればそんな気もする。

E

「この世には金持ちがいるんです」

　三日前の札幌のスターバックスで、Eは沈黙を破ってこう語り始めた。その前にEは初対面の僕を神様と呼び、神としての僕の存在の不確かさを散々にあげつらったのだった。僕たちの間には険悪な沈黙が流れていた。

「そりゃあいるでしょう。金持ちくらい」

「あなたが想像するような金持ちじゃない。もっと途方もない、世の中の富の源泉を作り出していると言っても言いすぎじゃないくらいの金持ちだ。石油であれ、金であれ、社債であれ、国債であれ、なんだって意のままに操り、そのくせ自分たちは一切リスクを背負おうとしない輩がいる」

　Eは無精髭の生えた唇をへの字に曲げ、不快そうに小鼻を膨らませている。さっきまでとは別人のようで、彼が正気を保っているのかが心配になる。

「例の奨学金をもらう前に南アフリカにいた私とは、ちょうど対極の境遇にある奴らだ。根っからフェアじゃないことこの上ない。フェアネスを冒す輩は、私が思うにいちばんの悪党だ。ここ五百年はまさに彼らの時代だった。彼らは紙切れを刷るだけで、意のままに世界をコントロールできた。あらゆる国の金融システムの中枢に彼らはいる。示し合わせてあらゆる価値をコントロールし、直接に、あるいは迂遠なやり方で人を支配する」

ずいぶん陰謀史観的な話だと思う。こんな話でそんなに興奮してどうするつもりだ？　実際にEの言うとおりだったとして、一個人であるEや僕にどの程度の影響があるというのだろう。あまりに巨大な武器は、意外と蟻一匹すらつぶすことができないんじゃないか？

「彼らは、世界を支配する方法論を代々受け継いでいる。表舞台には出てこない。先代の教えを忠実に引き継ぎ、ただ実行する。あたかも永久に生き続ける生命体のように、ただ細胞だけが入れ替わるみたいにして、延々世界を支配し続ける」

Eは僕から目を逸らさずに、カップを持ち上げてカフェミストをすすった。

「あなたは、それがどうした、と思っている。彼らが神に肩を並べたつもりでいるからって、確かにそれがどうした、だ。この世界で誰がどれだけの影響力を有していようが、どうでもいいと考えることもできる。どのみち誰かがこの世の一番になるはずだ。論理的に言ってそうなる。七十億人中の一番の存在にはめったにお目にかかれないけれど。その人間は、世界の趨勢をある程度託された存在であるはずだ。そりゃそうだ。そうでなきゃ、七十億人中一番にはなれない。けどさ、」

とそこでまたEはカフェミストをすする。

「けど、だったら、それが俺でもかまわないだろ？　俺が頂点であってもかまわないはずなんだ。皆同じ人間で、そんなに違いはない。そして自分で言うのもなんだが、俺は世界で一番頭がいいグループに属している。俺はそのことを知っている。奴らはそう言うデータも持っているんだ。色々なところに網が張り巡らされている。例の奨学金だってそうだ。奴らは少なくとも先進国においてはある程度以上の頭脳や才能を持った者をリストアップし、必要があれば観察している。なんせ暇だからね。支配をより揺るぎなくすること、それを次代につなげること、それぐらいしか考えることがないのだし」

またカフェミスト、汚れた眼鏡を持ち上げて目頭をほじくる。

「話が逸れた。私が言いたかったのはつまり、この世界には純然たる支配者がいるということ。私はその人間と実際に会い、徐々に懇意になりつつあるということ。彼のポジションに座るのが私でもかまわないことを証明するために。それから、彼が怖がっている存在がここにひとつあるということ」

カフェミストにはいかない。Eは僕をまっすぐに見据える。嫌な予感がする。

「それが神。つまり、あなただ。実際にあなたが神かどうかは問題ではない。あなたが延々生を続けていること、今は山上甲哉であり、以前は石原莞爾であり、ユングであり、テレンティウスであった、そのスペックがあれば十分だ。通常の人間の枠組みを超えていてさえもらえれば、それを使って支配体制をひっくり返すことが私にはできる。束縛を解くんだ。ありとあらゆるフィクションを取り払い、この世界をなんのよりどころもない状態に戻すんだ。

そろそろ気づく人も増え始めているが、金が金を生むというのはフィクションだ。この間の戦争の顚末も、未だに殺し合いを命じる宗教も、この世にはびこったフィクションにすぎない。恋人同士のつながりも、親子の絆も、友情も、愛国心も、資本主義万歳も、共産主義礼賛も、ソーシャル革命もすべてフィクションの産物だ。だから俺は、人間を原初の状態に、何もよりどころがなくそれ故誰もが誰をも尊重せざるを得ない状態に戻してやる。この行き詰まった世界において、俺が七十億人中一番の存在かもしれないから。俺にはそういう自覚がある。だからその責任を負って、俺が現世を完全否定してやる。いずれ、差異のない人間たちによる新たな創世が始まるだろう。あなたにはその礎になって欲しい」

Eは、可哀想な男だ。彼には愛する者も無いのか？

「俺は中枢に近づいている。俺が会った奴ら一人一人は、皆俺よりも無能だったよ。あんたがテレンティウスだった頃に書いた文句、あの原本だって彼らの一味が保有していた。世の中には写本しか残っていないことにしている。俺たちには写本で十分だとでも言うのかね？奴らは、親から継いだものを天与の能力とでも思ってやがる。物欲が強い先祖がせっせとかき集めた、たかが金や地位を笠に着て。相続なんてフィクションもさっさと剝ぎ取らなきゃな」

血走った目。カップを握りしめるEの指の節が、よく見るとわずかに震えている。

「彼らが持っているもの全てを吐き出させ、実態を白日の下に晒す。まずはそこから始めるつもりだ。彼らは飽き飽きしているが、同時に怖がってもいる。自分たちを超える存在が現れるかもしれないことを。だが、そんなわけはないという慢心がある。自分たちに手が届く人間がいるわけがない。確かにそうだ。人間ならね」

そう言って椅子の背にもたれかかり、顎を引いて窓の外の街路を見やる。

「人間なら、巧妙に張り巡らされた様々な罠に搦めとられ、わざわざ彼らに手を伸ばそうなどとは思わないだろう。個人の生において、罠はあまりに多い。親兄弟親類、友人、恩師、同僚。あらゆるコミュニティー。スポーツ、セックス、スキャンダル。夢、目標。宗教、芸術。あらゆるしがらみ。金利や財産。それらを追うので精一杯だ。あまりにも巨大な存在である彼らと戦うことは、個人にとって無意味に等しい。地球を素手で殴るのと大して変わらないかもしれない。そんな無益なことに時間を潰すことなどしてはいけない。まともな判断をするのならそうだ」

話し続けるEの横顔は、不遜ともメランコリックとも映る。

「だが、私はそうは思わない。彼らから、彼らを守るもの全てを剝ぎ取り、心の底から湧き起こる脅えの感情を教えてやりたい。自分が人間であることを忘れて自らを人類全体の頂点に君臨する身と位置づけていたことを懺悔する機会を与えてやりたい。先祖代々の帝王学を学び、代を重ねるごとにいよいよその洗練を極めつつあったとしても、所詮一介の人間としてやがては死んでしまう運命にあり、その先の責任を負う能力など無いのだということを知らしめたい」

「何のために？」

吾輩は思わず口を挟んだ。何のためにそんなことをする必要があるというのだ。世界中で一番影響力がある家系に生まれついたのであれば、気分良く生きて、気分良く死んでいけばよろしい。それはそれで、種々の苦労があるというものだ。

「個人的な嫌がらせのためかもしれないね。しかし、何よりも彼自身のためになると思うな。楽にさせてやりたいんだよ。あなたがJに送ったメールに私が気づいたことも、きっと何かの宿命だ。あなたのようなタイプの存在がいることを彼にも匂わせておいたよ。ただ単にそういうのが実在する、というだけではなく、君を狙って陥れようとしているようだと脚色して話した。そうしたら、彼は嬉しそうだったよ。なぜかな？　たぶん、彼だって自分の代で行き止まりを感じているのさ」

「行き止まり？」

「これ以上ない限界に達したんだ。そして旧弊な奴らに、臨界点を超えることなんてできない」

Eの体内でくすぶるフラストレーションが、彼の体の輪郭をけぶらせているように見える。

S

七十億人の中で最も影響力がある人々といったって、彼らの持つたいそうな力は、Eの言ったとおりインフラみたいなものだ。彼らがコミュニティーの中でどのような勝負をしていたところで、一般人にはほとんど関係ないことだろう。そして結局のところ、人類全体で考えたら彼らだってパーツにすぎないのではないかと思う。いやいや、これはEもそう言っていたんだったな。所詮一介の人間でいずれは死ぬ運命にあるということを知って欲しい、とEは言っていた。しかしそんなこと、相手は言われなくても知ってるんじゃないか。その人物に実際に会ったEは、多分それも心得ているはずだ。それなのにEはやり場のない恨みを彼らに向けている。そもそもEの知っている人物が本当に世界で一番なのかどうかも眉唾ものだ。ただし、どこかに世界一のタイプの存在があることは間違いないだろうと僕も思う。論理的に考えて。自分がその位置に座ったとして、それからEはどうするつもりなのだろうか？

すすきの駅の地下鉄の入り口で、僕はEと別れた。去り際ににっと笑ったEの顔は、親しみのこもった感じがしなくもなかった。その最中Eの意識を、Sがちらっと覗くのが僕にはわかった。その数十倍の意識がSの中にあり、乱れ泳ぐ魚のようにSを去来している。大群の中の一匹の鱗が陽の光を跳ね返すように、Eの心の動きが一瞬きらりと輝きを見せた。
やはり、Eはそもそも世界一になど興味ないのだ。何かを弾劾したいだけで、そうでもしないと息をすることもできなくなってしまった。Eは、いっそのこと自殺して全部終わりにしてしまおうかと考えることがある。実際に自殺する直前まで試したこともある。世界で一番の影響力を持つ男の、凡庸さと絶望に触れたとき、本当に死んでしまおうとした。しかし踏みとどまった。まだできることがあるはずだと踏ん張って、そうだ、少なくとも彼のポジションを奪っておくべきではないかと思った。それならばきっと価値があるに違いない。なんせ世界一なのだから。

　Eの本心が、Sを通じて木霊してくる。僕の存在をEが徹底的に分析し証明しようとするのは、自分より悲惨な存在を見つけたと思ったからだ。神は退屈で退屈でしょうがないのだろう、と同情している。テレンティウスの原本を持ってきたのも、僕を喜ばせようとする本心からだった。僕が本当に神であるかは問題ではない、ともEは言った。僕は僕自身が経てきた時間と記憶を思い、神というものの退屈を想像してみる。確かに悲惨だ。身を切るように残酷な孤独だ。しかしながら、と唐突にSの思考が伝わって来る。しかしながら、幸か不幸か**大再現**は必ず起ります。ことによるとその孤独は癒されるかもしれません。しかしそれは、誰もが同じ孤独を味わうことを意味するのかもしれません。そのことをどうかゆめゆめお忘れなきように。

早乙女

伊弉諾神宮の近辺でＪとＭに呼び止められた時、早乙女は二人を新入りの信者か何かだと思った。その直前にＳから見捨てられたばかりだった早乙女は、二人にＳのことを知らないと言った。Ｓは、教団をやめる早乙女のことを一切引き止めなかった。早乙女はＳに、淡路島からも出て行くと告げた。それでも、Ｓの信者をやめたことにはなっていないみたいだ。去った後の早乙女のことを、今もＳがつぶさに見ているのだから。激しい動揺が早乙女の意識を席巻している。これまでは不確かだった早乙女の想念や生活の記憶が、僕にも生々しく伝わってくる。

早乙女の生活はシンプルだ。教団の用事の他は外出もせず、母親と二人で暮らしている。母親が用意してくれた食事を楽しむでもなく摂取し、あとは黙々とＰＣに向かうのが常だ。おみくじプログラムやその他のシステムを作り込んだり、くだらないウェブ検索を延々続けたりしている。いや、くだらない、とすら早乙女は考えない。くだらないも面白いも感じるべきではなく、頭や手や体がただ黙々と動いているべきだ、というのが早乙女の信条なのだ。他に、早乙女は庭いじりをする。母親が買ってきた種や苗のどれにも好悪を抱くことなく、毎日世話をしてただ大きくする。切花にしたり収穫したりするのも、もっぱら母親だ。

早乙女は、男性の脳を持ちながら女性の体を持っている。医師にそう診断されたわけではないが、幼い頃に自らそのことに気づき、調べ、理解した。なるほどそういうこともあるのか、とそう思った。その上で早乙女は、自分が男性であることを周囲に隠したまま、地元では女生徒として中学校まで通った。確かに、当時の世間において早乙女のようなタイプの少数派に対する理解は進んでいなかった。早乙女はとても冷静に、女の制服を着ることを我慢する方がたやすいと判断した。青年期までそのように生きてきた早乙女の培った人生観は、人生とは日々の集積に過ぎないということだ。A地点からB地点にいたる。次はB地点からC地点へ。次の処理へ次の処理へ。そうこうするうちに終わる。より良い処理結果を出すことが、すなわち生きているということだ。だから自分で人生設計をする段になって、いい学校へ進学しようとした。島から出て本土の県で、首都で、国で、世界で屈指とされる大学に行ってみる。そうやって黙々と処理していれば、人生の意義について他人から詮索されることも、自分で考えてみる必要もない。

何事も好き嫌いで判断できない早乙女は、他人と関係を結ぶことができずに常に単独行動を取ってきた。小学生の頃には友達の輪に入って遊んでいた。しかし誰それとはつるんで誰それとは付き合いをやめるといったことが早乙女には少しもできなかったせいで、いつの間にか浮いた存在になっていった。思春期に入った早乙女が女生徒に好意を抱くこともあったが、ほのかな恋心が持続することはなかった。これについては性同一性障害という事情を抱えた早乙女にとって難しい問題があったろうとは思う。それでも早乙女の考え方はかなりひねくれていて、例えばある女子に好意を持った場合、その子の優れている部分と劣った部分を他の子と比較する。そうやって観察すると、人間というものはそれぞれ特質があるようで実は押し並べて退屈だと思い始め、なぜその子に好意を持ったのかがわからなくなってしまう。ただ好みの人間を選んで仲良くしていればいいのだと僕なんかは思うが、早乙女の頑な姿勢はずっと変わらない。

Sに暇乞いをした日の夜に、早乙女は当座の現金と通帳、旅券を揃えて、淡路島を出る準備をした。出発の朝、ボストンバッグを押入れから取り出し、衣類や何かを詰めた一番上に、ケースに入れたノートパソコンを置いた。そこには自分の決断力不足を補うために開発した、おみくじプログラムが入っている。簡素な荷造りを終え、早乙女は厚着をして家を出る。早朝のことだった。信号の少ない国道を猛スピードで行きかうタイヤの音を聴きながら歩いていく。歩き疲れ、バス停の脇に置かれたベンチに座る。向いにある八幡様の濃い緑を見つめながら、早乙女は自分の行き先について考える。スッナキミを見出しなさい、というSの最後の教えが脳裏に蘇る。ボストンバッグを開け、早乙女はノートパソコンでおみくじプログラムを起動する。『私はどこに行くべきか』

小数点以下第六位までの二つの数字が返って来る。緯度と経度だ。二つの数字で地球上のあらゆる場所が指定されうるわけだが、出力された場所は日本国内だった。Google Mapsで表示された場所は早乙女にとっては縁のない土地だが、僕はそれを見てびっくりした。何という偶然だろう？　それは僕の住む札幌市内を指しているのである。

J

JとMは翌日もSを探して伊弉諾神宮周辺に行く、と、Jの記憶の中ではそのように事が運ぶ。その日に訪問する家の中には、僕が知っているSの家もある。呼び鈴を鳴らすとS自身が出てくる。Sは素顔のままでラクダ色のじじむさい洋服を着ているが、二重のつるりとした顔がJの目には年齢不詳に見える。初志貫徹でやってきたMが、

「先生はこちらにおいでですか？」

と聞く。二人は招き入れられ応接間へ通された。そこからJの質問をMが通訳するという展開は、昨日のSの記憶とよく似ている。でも、昨日教団を去った早乙女はその場にいない。

JがSに対し、**大再現**について訊ねる。ところが、

「あなた方はEという人の命で、私を探しに来たのでしょう。しかしあなた方が探すべきものは、もっと別にあるはずです」

と、Sの返答は昨日とは全く異なっている。突然Eの名前が出たことにMは目を丸くして

いる。

「ほう。詳しくお聞きしたいものですな」

Mは J に通訳するよりも先に、S の話に食い付く。

「私を探してどうするというのでしょう。E さんは私ではなく、本当はもっと別のものを探しているのではないでしょうか？　確かに私のような人間に珍しさを感じたかもしれませんが、E さんはすぐに私のことをありふれた存在として扱うことでしょう。おそらく E さんには、理論的に説明のつけられないことなど無いのです。E さん御自身は、遥か遠い縁にまで行くことのできる、大きな器を持った御人でもあります。E さんはいずれ、私の有り様を己のために利用し、そのために私や他の人にしでかしたことを省みて、やはりつまらなそうな顔をするのでしょう。ですから、E さんが探しているのはやはり私ではないのです。私は E さんのことならなんでもわかります。なぜなら、」

M が手振りで S に続きをストップさせ、J にここまでを通訳する。「気が狂ってやがるぜ、JAP」と J は心中で呟く。M は S の言ったことを理解しているのかいないのか、神妙な顔でうなずいて先を促す。

「なぜなら、E さんは既に私の信者であるからです。昨日ここに来た時に、早乙女を立会人として E さんは私の信者となりました」

「それはどういうことでしょう？」M が、にわかに大きな声で聞きただす。S が、「S にとっての昨日」の話をしていることが僕にはわかる。しかし今辿っているJの記憶の中では、MとJは今日がSとの初対面であり、MがEの名前をノートに書いて入信させたという事実はない。やはり、SとJの記憶は食い違っている。

「私のことを信じるか否か。私ごときの力でも、こんな些細な境目ならばなんなく越えさせてあげられます。夢も現も、嘘も真も、何事も境は曖昧で、すぐにでも反転します。二つに一つを選ぶよう迫るなどということで、私はあなた方を悩ませたくありません。結論を出さない、おいそれと言葉にださない、それが基本です。宿命に分かれ道などないのですから」

Mは直線的で短い眉をしかめ、不承不承の様子でうなずいた。論理的に反論しても無駄な相手だと観念したのかもしれない。Jへの通訳も止めてしまっている。Sは膝に置いていた両手をすっと持ち上げ、信者の前でよくやるように、胸の前で仏像っぽい印を結ぶ。今日は法衣を着ていないので、インチキ臭さがそこはかとなく漂っている。

「あなた方は国生みの神話を学ばれたはずです。あの時代へと戻るにあたり、これから私には大勢の人間の意識が集まってきます。二度目の国生みをなすためには、みなさんの記憶が土台となるのです。しかしごく一部の人間は、そこから外れようとします。Eさんもその一人です。ほとんどすべてが私に集まって来るにもかかわらず、自分だけはそこに含まれたくないと思う人。私の考えに深く共鳴しているにもかかわらず。——昨日、早乙女が私の手元を離れ、旅に出ました。あなた方も会ったのでしょう」

Mが再びJに向かって丁寧に通訳をする。Jは早乙女の名前が出た部分にだけ興味を持ち、Sに早乙女の行き先を問いただす。Sは悲しげな笑みを浮かべて首を振った。「早乙女がどこに向かおうとしているのかは、私にはわかりません。早乙女は私が見通せる全てのことに背を向けようとしています。そしてその結果、今の私の力ではどうにもならない、死角へと導かれようとしています。しかし、早乙女ならば、スツナキミノミコトの真の御姿を見出せるかもしれません。それはEさんのような人たちのためでもあるのです。ところで、Eさんはきっと、あなた方お二人とは別の道筋で、早乙女の旅先に現れることになりますよ。しかし——あるいは、早乙女を手放すのが少し遅すぎたかもしれません」

Sはここで言葉を止める。それから一つ深呼吸をし、口を開く。

「ですから、あなた方は早乙女を追ってください。これはEさんの教祖たる者からの命令でもあり、私の心からのお願いでもあります。どうか、皆さんで早乙女を見てやってください。どこに行こうとするのか、何を見つけるのか。ことによるとそれは、あなた方にとって誠に重要なことかもしれませんよ」

理解不能のSの話ですっかり困惑したMは、Eに報告して指示を仰ごうとしたのだが、Eは電話に出なかった。結局JとMの二人は、Sに言われた通りに早乙女を探しに行ってみることにする。前日と同じく伊弉諾神宮の駐車場に置いていた車に戻って、Sに教えてもらった早乙女の自宅住所をカーナビに入力する。玉ねぎ畑に囲まれてうねる道を走ると、周囲の風景から浮いたカントリー風の三角屋根の家が建っている。その前に車を停めて呼び鈴を鳴らすと、初老の女性が出てきた。

早乙女の母親は胡散臭そうな目でJとMを見る。確かに、紳士帽の中年男性と白人の取り合わせでは、早乙女との関係が想像しづらい。母親は早乙女と同年代の、金髪碧眼のJに無遠慮な視線を注ぐ。Mは咄嗟に、Jが早乙女さんのアメリカ留学時代の親友であり久しぶりに会いに参ったのです、と説明する。偶然とはいえ、Jと早乙女が学友であることは事実だ。母親は、立ち話もなんですからと言って二人を家の中に通した。

早乙女の家は震災の少し後に建て替えられ、築十五年ほどになる。内装も母親の好みのこてこてのカントリー調で、縦縞に小花があしらわれた壁紙で統一される予定だったが、早乙女が二階の自室だけは白一色の壁にしてもらったことを僕は知っている。客として来ているJにとって、その壁紙は別段不快なものではない。Jはパイン材のテーブルにMと並んで座り、母親にティーポットから紅茶を注いでもらう。Mが、Jと打ち合わせてもいない話を日本語でべらべらと語る。三宮でカリフォルニア料理店を開くために淡路島に食材を探しに来たこと、自分が支配人でJがシェフであること、Jが早乙女の影響で古事記や日本書紀を読み、日本のお笑い芸人好きの親日家になったこと、いつか日本を訪れ早乙女の家を訪ねる約束をしていたこと、今回はサプライズとしていきなり立ち寄ってみたのだということ。

「はあ、うちの子がねぇ」

母親は早乙女に友人がいたことを喜んでいる風だった。それからとても残念そうに、実は今朝からあの子の姿がみえないのだと言った。しばらく出かけます、という書き置きまでして行ったとのことだ。

早乙女の母親は、こんなこともあろうかと、いざという時のために仕込んでおいた手綱をしっかり握っていた。迷子になった子の居所を親に教える「迷子安心サービス」という、GPSサービスに加入しているのだ。母親は背面をスパンコールで飾り立てたiPhoneらしきものを取り出し、早乙女のiPhoneがいる場所を表示する。伊丹空港だった。

もしあの子に会うことができても、迷子安心サービスのことは黙っておいてね、と最後に早乙女の母親は言った。

早乙女

おみくじプログラムを作って早乙女が最初に占ったことは、「Sの教団に入信するか否か」だった。入力窓にその質問を打ち込んでいる時、早乙女の脳裏には別の問いも浮かんでいた。それは、自分が生き続けるべきかどうか、というものだった。人間に優劣はない。だから自分が存在する価値があるのかではなく、この世界に生きる価値はあるのか、というのが正しい問いだ。あの時の煩悶には、性同一性障害であることはまるきり関係がなかったと思っている。むしろ男性にも女性にもどちらにもなれなかった結果、性衝動にごまかされずに済んだのだ。そもそもスタンフォードに入ってから、自分の性別を意識することはほぼなかった。周囲の自分に対する認識は「アジア人」というのが主だったし、尋ねられれば女性だと答えるのに何の痛痒も感じなかった。全ては偶然だ。死も生も、男も女も、どの国に生まれてくるのかも。人間が与えられたもので全力を尽くし、よりよく生きようとすること自体が、その偶然に服従するところから始まっている。つまるところ、人間は一人残らず奴隷だ。変えようのないフォーマットがあって、最大限頑張ってもそれをなぞることになるだけだと、明るい諦念で繋がれた奴隷なのだ。

　早乙女は今、国内線の出発フロアのベンチに座っている。チケットは既に買ってあって、それはおみくじプログラムが弾き出した行き先である札幌に行く便だ。瞼を閉じ、忙しく動き回る旅行者や職員の気配を遮断して、早乙女は過去を回想している。

「スツナキミノミコトの真の顔は**無**」

　と言ったＳの顔が、早乙女の閉じた瞼の裏をよぎる。淡路に戻って教団に入ってから、早乙女は自分に性別は無いと自覚するようになった。スツナキミがやはりそうであるように。自分にスツナキミを探すように言ったＳの真意についても、早乙女なりに考えがある。つまり自分は、スツナキミ抜きの国生みによって作られたフォーマットに収まりきらない所にいるということだ。

「早乙女さんですかな？」

突然声をかけられた。反射的に、はいと返事をし目を開けると、紳士帽をかぶった男が立っている。その中年男の隣にいる白人の方に見覚えがあるが、留学中に東洋人の顔は見分けがつかないと散々言われてきた早乙女は、お返しに白人の顔を識別しないことにしている。しかし記憶力の良い脳みそが、スタンフォード大にいた奴じゃないか、とすぐに思い当たってしまう。名は忘れたが、同じクラスだったことがある。自信過剰な毛唐の中でも特に嫌味な奴だった。拗ねたような態度で、そのくせ天才を気取っていた。私のプログラムにオリジナリティーが無いと文句をつけてきたが、余計なお世話だ。別にオリジナリティーなんか求めてねえよ、この毛唐が！　しかし、なんで奴がここにいるんだ？　ひとしきり驚いておきながら、早乙女はすぐにその感情を抑えてしまう。お前が現れたことに特に興味はない、まあ、そういうこともあるんだろう、と思おうとする。

「いやあ。どうも久しぶり。元気にしてたかい？」

とJは英語で言う。

「ええ、おかげさまで。どうも、久しぶりです。では、」早乙女は立ち上がって行こうとする。

「お母様から伝言なんです」とMは咄嗟に出まかせを言う。

「母から？」

「お母様は、いつでもあなたの帰りを待っていらっしゃいますよ」

「そうですか」と早乙女は素っ気なく返す。こいつらがどういうつもりで母親と会ったのかは知らないが、私は行かなくてはならない。私は確かにあの人から生まれたわけだが、その偶然に意味はない。

「どこに行かれるんで？」

「北海道です」

「ほう。それは何でまた？」

「たまたまですよ。そろそろ行かなくては。搭乗手続きがありますんで」

「その前に、少し聞いてもよろしいですか？」

「手短にお願いします」

「教団について聞かせてください。私たちはある理由によって、あなたが所属している教団について調べています。教祖様にも会いにいき、S様直々にあなたを探すように頼まれたのです」

「ある理由ってなんですか」

「複雑な事情があるのです」

「教えてください」

「お話ししても、わかっていただけるかどうか」

「かまわないです。言ってみてください。しかし、手短にお願いします」

「ええと、ある日本人がいます。私の雇い主はこの人を神とみなしているのですが、彼はSさんの頭の中を覗くことができます。あなたがご存知のJさんもまた、彼に覗かれていました。その他にもその人は不思議な力を持っています。しかし、そんなことが本当にあり得るのか、雇い主は疑っています。ですからその人、と言うか神、がJさんに書いてよこした内容の裏を取るために、Sという人物が存在するのか、どんな教団の教祖であるのかを確認し、雇い主に報告せねばなりません」

「わけがわからない」

E

その前日のことだ。僕はルート営業のため、百貨店の商品部を回っている途中だった。東北の味覚展がそれなりの成功を収めて副支店長の覚えもめでたくなった僕は、次の企画を任された。そうして出した企画が「春のギフト」だった。食品卸業界においてギフト商戦の目玉はお歳暮、お中元と決まっている。だが最近はどのメーカーも中抜きを嫌がり、百貨店規模の相手には直接商品を卸している。商社の入り込む余地は少なく、あっても僕の会社は相手にされない。隙間をつかなければ生き残れない。だから、特に食品を贈る習慣のない春の時期に、新味のある企画を打ち出す。例えば、一人暮らしをはじめる若者向けの「初めての自炊セット」。鍋などの調理器具に、売れずに往生している小樽のメーカーのハムをレシピ付きでねじ込む。知名度はいまいちのメーカーだが、味と品質は保証できる。また、保育園や小学校に入る子を持つ若いお母さん向けの「苦手克服セット」。有機野菜の詰め合わせをスープやクリームの缶詰とセットにし、野菜をちょい足しするレシピを付ける。その野菜は、飛び込みで営業に行った副支店長が担当する有機栽培農家の提供するもので、とにかく品質がいい。

Eは、来日してからというものずっと札幌に滞在している。連日有給を取るのも会社に悪いので、僕はEが来た次の日から出社している。それでEのことは基本的に放っているのだが、仕事の合間にやり取りするメールの文面から見る限り、E本人は十分愉快そうにしている。今夜はmarimekkoのアンテナショップでナンパした短大生二人と飲みに行くのだそうだ。Eが僕のことも誘ってくれたので、仕事が終わり次第合流する予定だ。Eのテンションが高いのも理解できる。「ミヤジョ」こと宮の森女子短期大学は、清楚系の可愛い子が多いので有名だ。僕がせっせと働いている間、Eは札幌の町を散策している。なぜ知っているのかというと、Sがごく頻繁にEの意識を覗いているからだ。最近のSは、Eだけではなく早乙女のこともよく覗いている。僕のいわば関係者たちの動静をSと共有しているような具合で、Sの寸評めいた所感が伝わってくることもある。

三月の札幌はやはり寒いけれど、今日はすっきりと晴れている。雪化粧した街をのんびり歩いているEは、北海道大学のキャンパスが思っていたより広いと思い、味の時計台ラーメンに誇らしげに飾られたダウンタウンの浜田の写真を見てくすりとする。札幌駅とすすきの駅をつなぐ巨大な地下道をぶらぶらと往復し、道行く女の子を眺め、あてどもなく地下鉄に乗る。そんな風に楽しみながら、脈絡もなく自殺のことを考えたりもする。特につらいことがあるわけではない。ただ自殺する想像を止められない。地下鉄のホームに入ってくる電車の鼻面を眺めながら一歩踏み出せば死ぬなあと考え、ファニーな雑貨の並ぶmarimekkoのショップで短大生と話をしながら、レジ脇に無造作に置かれたカラフルなはさみを一つ摑んで首筋に突き刺したら死ぬまで血を流すことになって苦しいだろうかと考える。こんなに可愛らしい女の子と話をしながら、さらに夜には酒に付き合ってくれるとまで言ってくれている最中、無意味に自殺を遂げることなんかできるのだろうか？

できるのでしょう、と今思ったのはSだ。Eさんは煮詰まって、煮立ちすぎて、もう茹蛸のようですね。実際Eは、地下街を歩きながらこんなことを考えている。この俺よりも優秀で美しい人間が、南アフリカの俺の子供時代よりも劣悪な境遇で人知れず消えているのがこの世界だ。自分が消える番はまだまだ先だと思う資格のある人間がどれだけいるのか？ それなのになぜ、傲慢にのうのうと生きていられるのか？ 俺が、全ての人間をランク付けする方法を開発し、消えていくべき順番を一人ひとりに付けていってやろうか？ 最初に消えるべき人に「1」の札を貼るところをEさんは想像します、とまたSの思考が重なる。しかし思い浮かぶのは、困ったことにEさん自身の顔なのです。

そうこうする内に夜になる。Eはとりあえずまだ死んでいない。おかげで僕は、久しぶりの合コンに参加することができる。短大生はミナちゃんとノゾミちゃんだ。ミナちゃんは室蘭の出身で、ノゾミちゃんは広島の出身だそうだ。二人とも色白なのでノゾミちゃんも北海道の出身かと思っていた。楽しいおしゃべりは続く。合コンの真っ最中だというのに、SがEの意識にチューニングを合わせてくる。鬱陶しいが、折角の合コンに身が入りきらない様子のEのことが気にかかる。Eは「神々の遊び」のコントを思い浮かべているらしい。こんな時にしょうもないことを考えるものだ。神々は退屈しのぎの騙しあいを続けるが、不死身の神がどれだけ騙されたところで致命的なことにはならない。俺は、死ぬことがあるのだろうか？ なぜだかそんな気がしない。日々はあまりにも安穏と過ぎ、明日をも知れぬ思いを抱くことはついぞなくなってしまった。後はこのお気楽さが延々と続いていくというのか？ 俺には騙しに来てくれる神もいない。こうしている内に死んでも、死んだことに気づかれないかもしれない。いいから合コンに集中しろよ、と僕は思う。女の子の方がむしろ気を使って話を振ってくれているではないか。僕が何歳かという話題になって、いくつに見えるか問うと、ええわかんないいくつだろ？　とミナちゃんが言う。適当でいいから言ってみてよと僕が促し、ううん、二十七ぐらい？　とミナちゃんは言う。確か三十二だと答えると、ええ見えないっしょーと北海道弁で言ってくれて、盛り上がる。それから、Eさんは何歳？とノゾミちゃんが聞いているのに、

「う。あ。ああ」

とEは焦点の合わない目をしている。死ぬことばかり考えているからこうなる。この合コンを楽しみにして、無精髭を剃って眼鏡のレンズも綺麗に拭いて来たんだろうに。しょうがないので、俺らで当ててみようぜと僕がフォローする。ノゾミちゃんは二十九歳、ミナちゃんがここは意外と二十五ぐらいでしょと予想し、僕は三十歳ジャストと予想した、というか知っているので、結果僕だけが正解だ。それから住んでいる場所の話になって、Eはカリフォルニアのファミリー向けの住宅に一人で住んでいると答える。Jが呼び出されて行った家のことだろうが、あれは面談用に急ごしらえした場所だから、これは嘘だ。Eはホテルを転々とする生活をしていて、Mにも居場所を教えない。

「一人で一軒家ってさ、なんか寂しくなくなくない？」

「いやいや、ミナさぁ、『ない』がいくつか多いから」

「そうなんだよね、私、最近日本語が下手になってきてさぁ」

「あんた、日本語以外なにか話せたっけ?」

ふわふわした会話を続ける女の子たちが二人して笑う。その勢いに乗って、

「こいつ、こう見えて日本のお笑いに詳しいんだ。な。なんだっけ、ほら?」

と僕は、Eに話を振ってみる。Eは慣れない俗語の会話に遅れをとって、う、あ、ああと言う。

「ほら、好きな芸人いるって言ってたじゃん?」

「えっと、モンスターエンジン?」

Eがたどたどしく答える。そうそう、それそれ、と僕は言う。あーそれ知ってる私は神だってやつだよねとミナちゃんが言う。へえ、Eさんああいうの好きなんだ、てかそんなマニアックなの知ってるんだ、とノゾミちゃんが言う。そうして、「じゃあさぁ」と続ける。

「やってよ」

「やってよ?」

Eは狼狽している。なに? やんなきゃいけないの? どうして? いやあ、別にやんなきゃいけないってことはないけどさ、ほら、空気ってあるじゃん? と僕は思うが、さすがに外人さんにはハードルが高いような気もする。僕だって若干怯んでいるし。それにしても、ノゾミちゃんにはサディスティックな傾向があるようだ。露骨に、なんだよつまんねぇなぁ、という顔をしている。そこで僕は一念発起、その場ですっくと立ち上がって、腕と足をクロ

スし、

「私は神だ」と言ってみた。

するとEも立ち上がり、

「私だ」と言った。さすがに七十億人中の一番を目指すだけのことはある。

「お前だったのか？　まったく気づかなかったぞ」モンスターエンジンのこのネタにおいて、今僕が演じているところのメンフェンティスはいつも騙されて、目の前の人間がメンフィスであることに気づかない。神かどうかは置いておくとして、Eは僕のことに気づいたのだからすごい。そう、少なくとも僕が僕のようなタイプの存在であることは、今まで誰にも気づいてもらえなかった。延々生き続け、意識を保有し、その場その場の民族人種情勢にあわせて人間をやり続けることは、なかなかに辛い。Eは僕とは違い、いずれ自分が死んでしまうことに違和感を覚えているようだけれど、それだってどうなるのかわからない。テクノロジーの進歩によって、ある日突然誰も死ななくなるかもしれない。そうなると誰もが僕のようになって、僕ははじめてまともに他人と会話できるようになるのだろうか。そうなるのが僕以外の人間にとってよいことなのかどうかはわからない。それでも、いつかそれは実現してしまうだろう。これは宿命のようなものだ。それで？　そうしたら？　どうなる？

暇をもてあました

神々の遊び

＊

早乙女の一便後、ちょうど一時間遅れでＪとＭは新千歳空港に着いた。既に早乙女の姿はない。Ｍは同じ札幌にいるであろうＥに電話をかけるが、Ｅは昨日の合コンで飲みすぎて二度寝している。僕も二日酔い気味だが、根が真面目なので出社して働いている。Ｊはここで Ｍの隠れた手腕を知った。伊丹空港で引き止めた早乙女は結局何も教えてくれず、ＭとＪが同行することもきっぱりと拒絶した。それで諦めたように見えたＭは、早乙女のボストンバッグにＧＰＳの追跡装置を仕掛けていたのだ。この旅が非合法の組織から抜けるための最後の仕事であることを、Ｊは改めて意識した。Ｍの iPhone に赤く表示された発信地は、「ススキノラフィラ」となっている。僕の職場からすぐ近くにあるショッピングビルだ。Ｊたちがそこに着くまでに、少なくとも一時間はかかる。

僕はその一時間で一件アポイントをこなし、デパートに寄って催事場の担当者にレシピのブックレットが無事納品されたことを確認した。それからオフィスへ帰る途中で、Eに電話をしてみる。その時には、EもMから早乙女の居所を聞いていた。JR線で空港から札幌まで出たJとMは、南北線に乗り換えてススキノラフィラに到着した。GPS信号を頼りに、八階のレストラン街で酒を飲んでいる早乙女を発見する。

早乙女は酒に弱いらしい。中ジョッキのビールは半分残っているが、けっこう酔っ払っている。JとMは早乙女と同じテーブルに座る。十六時を過ぎたばかりのショッピングビルの居酒屋に彼ら以外の客はいない。早乙女は大阪からつけてきた二人を見ても表情を変えず、何も言わない。酩酊した頭で、まあ、そういうこともあるんだろう、と考える。というか、どうでもいい。本人は知らないだろうが、そんな早乙女の意識を教祖様のSが覗いている。教団にいたころよりもよっぽど念入りに見張られている。早乙女は、次の移動を開始する前に一休みするつもりで酒を飲んでいる。次の処理へ、次の処理へ。他の人間が毎日仕事をし、食事をし、家族サービスをし、就寝するのと、自分がこれからしばらく続けるだろう行為に、どれだけの違いがあるというのだろうか。早乙女は窓の外の銀世界を見やる。早乙女がこんなに降り積もった雪を見るのは初めてのはずだ。もう少し暗くなれば、ここ札幌の夜はネオンサインの色が映えてとても美しい。しかし早乙女は、次の移動のことばかり考えている。ここから遠いどこかへ行きたい。次の処理へ、次の処理へ。ウエイトレスが後から来た二人の注文を取りに来る。その女の子が、昨日僕とEが合コンをした色白のミナちゃんであるこスキノラフィラに向かっているところだ。それにしても、僕もミナちゃんもせっせと働いているというのに、Ｅはいいご身分である。Ｅとミナちゃんは、きっとばったり顔を合わせて驚くに違いない。ＪとＭは運ばれてきたビールに口をつける。

　Ｊは、この奇妙な仕事も終わりに近いと期待する反面、一抹の寂しさを覚えている。どのみちアメリカに帰ってやることは特に決まっていない。このままＥの部下としてやっていくのはどうだろう。退屈しないのではないか？　だがそのＥは、今もタクシーの中で物騒なことを考えている。このドアを開けてあっちから来るダンプカーに飛び込んだら？　体がぺしゃんこのばらばらになって、周囲に俺の血の雨が降り注ぐ。そうしたら？　一瞬のうちに死んでしまうはずだ。そうしたら？　どうなる？　どうなるも何もありません、どうしても耐えられなくなれば、死んでしまえばいいのです。煎じ詰めましたら、最悪の場合でも死ぬだけなのです、とＥを覗いているＳが考える。不用意なことを考えるものじゃないと思うが、そう、確かにＥの場合はただ死んでしまうだけだ。Ｅはひょっとして僕みたいなタイプに憧れているのだろうか？　でもあんまりお勧めはできないぞ。人に理解されないし、嫌気がさしたからといって終わることもできない。全てはいつかあったこと、いつか言ったことみたいだし。ある意味、どこにも行けない。一歩も動いていないのと同じだ。あるいは、Ｅは僕のようになりたくないのだろうか？　だから、自殺について考えている？　よくわからないが、とにかく頭でっかちな奴だ。

Ｅがススキノラフィラ前に到着する。タクシーを降りて外の寒さに一瞬震え、正面入り口のエレベータに乗り、八階までやって来る。Ｅはすぐに三人を発見する。いらっしゃいませと迎えたのがミナちゃんで、予想通りＥはびっくりする。Ｅさんまた飲むんですか？　とミナちゃんに茶化される。昨日のあいつも後で来るよ。そうなんだ、仲良いですね。テーブルに近づいて来るＥに、Ｍが真っ先に気づく。こんなに嬉しそうな顔をするのか、とそれを見たＪが思う。早乙女は一向に減らない酒をちびちび飲みながら、頬杖をついて黙然としている。Ｅは軽く挨拶してから、早乙女の隣に座る。顎に手をやり、酒で赤くなった早乙女の横顔を見つめる。それから、日本語でＳの教団について訊ねる。教団は実在するのかい？　大再現って何のこと？　しかし早乙女は、あなた方には関係のないことです、とＥの方を見もせずに言う。弱ったね、とＥは苦笑いしてＭと顔を見交わす。そう言いつつも、さほど弱ってはいない。Ｓの教団が実在しようがしまいが、少し前からどうでもよくなってきている。僕がメールに書いた内容の虚実だって、Ｅにはもうどうでもいいみたいだ。Ｅは再び自分の死について考え始める。早乙女は移動することを考えている。ＪはＥの部下になって、Ｅがどんな人間なのかを暴いてみたいと考えている。Ｍは、誰も話をしないので、Ｅに向かって淡路島でのことを事細かに報告する。教祖のＳがおかしな話ばかりしたこと、ＳはＥが自分の信者になったと主張していること、早乙女の動向を見守ることがＥのためになると言われたこと、Sを見つけるのに神宮近辺の民家を全部まわったこと、釣りにしか興味のない寿司屋の大将のこと、高速道路のサービスエリアの観覧車のこと。話は徐々に本題からずれていくが、しようがない。Mが話すのをやめると誰も話をしなくなるので一生懸命しゃべり続ける。そこに、僕が到着する。Mが可哀想になってきたので、仕事を早めに切り上げたのだ。

「お仕事はもう終わったんですか?」とMがほっとした顔で聞いてくる。

「ちょっと早めに切り上げてきましたよ。明日は出張だし」

Jが興味津々で僕の顔をのぞきこむ。こいつが神か? とJは訝かしんでいる。こいつが、あの意味不明のメールを俺に送り付けてきたというのか。そして今も俺の意識を読んでいるというのか? 馬鹿な。何の迫力もない、鈍そうなJAPじゃねえか。

「そうです」と僕は英語でJに話しかけた。

「えっ?」

「いや、だからそうですって。神かどうかは知りませんけど、私があのメールを送った鈍そうな日本人です」

本当だ! こいつ読んでやがる。なんなんだ、くそ。妙なことばかり起こる。一方で興味なさそうな早乙女が、こちらを一瞬見やったタイミングを逃さず、「前に、」と僕は早乙女に話し掛けようとするのだが、その場にいる複数人の意識を通じて四角いテーブルを囲む皆を見ているので、自分の意思を言葉にすることは、これがなかなかに難しい。つまり、僕は僕自身の意識に加えてJとSの意識で見ていて、さらにSが、Eと早乙女の意識を見ている。脳みそが混乱するが、一人だけその外側にいてくれるMの顔を見ているのが一番落ち着くことに気づいた。「Mさんが空港で話したと思いますが、こちらのEさんに神と呼ばれたりしているのが、私なんです」早乙女は山上甲哉の言葉に咄嗟に興味をそそられるが、それも長くは続かない。まあ、そういうこともあるんだろうと考える。そもそも早乙女はスッナキミ以外の神に興味はない。彼はまたおみくじプログラムについて考え始める。早く移動がしたい。あのさあ、とそこにEが割って入る。ちょっとフランクすぎる感じは、昨日の酒が残っているところにビールをらっぱ飲みしたせいだ。「君は少し考えすぎなんだよ。そんな風にふさぎこんでいたってなんにもならないよ」と言っているこの俺が、いきなりあの窓ガラス蹴破って、札幌の街にどーん。「もっと明るいところに目を向けよう。君がそんな風に鬱々としながらも、あっちこっち自由に移動できるのは、君が豊かな国に生まれたからなんだよ。そのことをよくよく考えないといけないよ」自分語りになってしまって恐縮だけど、とEは説教を垂れる前に、店員を呼んで酒を大量に頼んでおいてから続ける。——今でこそそれなりに成功し、自由になるお金も多少はあるけれど、以前私は大変だったんだ。そうそう、言い忘れていたけど実は、私も君とは同期でね。Jさんと同じ奨学金を貰ってあの大学に通っていたんだ。ああ、そうですか。でもごめんなさい。私は毛唐のみなさんの区別がつかないんです。留学中、東洋人は見分けがつかないと私もよく言われたものです。なので、私の目の前に二人の毛唐の方がいることは認識できる。ですが、まったく区別ができない。私には同じ人間に見える。同じ人間に？　だってぜんぜん違うじゃないか。そう言ってもらえるとうれしいです。そうですか？　僕には似ているように見えるけど。人間なんてみんな大体同じようなもんだ。毛唐といわず、JAPといわず。いきつくとこは同じではないかと思う。そもそもこんな数、要らないのでは？　私はまだ飲めますよ。まだまだ増えるよ人類は。目的もなくだらだら膨らみやがって！　いや、殖えること自体が生物の目的なんだから。この地球で少しでも多く、永く存在する可能性を高めないとね。**ちがう、お前らまでカマトトぶってんじゃねえよ！**　そんな甘っちょろい考えは許さねえ。**俺たちはもう神みたいなもんだ。**俺たちはもう、ちょっとやそっとじゃ死ぬこともできない。だから大地だの神だのを礼賛するようなことは凡夫どもに任せておけばいい。臨界を見つめる気概を持とうよ、せめて俺たちは。つまり、世界はもうほとんど完成しているってこと？　その輪郭をなぞっていればよい楽園になったわけですな。楽園にいるって思ったことないけどなあ。そう、お前も俺と同類だから。いやいや、考えすぎも大概にしとけよ。俺が？　ほんとに、もっと気楽に構えられないものですか。しかし人間は考える生き物だよね。考えなくなったら、動物と同じでしょう。それにしたってやりようがあるよ。そんなもんどうだっていい、俺は限界に挑む。しょうがないんじゃないかな、それって、義務みたいなものでしょう？　だからもう少し気楽に構えられないもんですかね、死ぬことばっかり考えるんじゃなくて。自殺なんて考えてないよ、コストパフォーマンスについて考えているだけだ。あなたの言っていることはとてもくだらないです。

「ところで、何で泣くんだ?」

だって、俺はお前らが好きなんだよ。

誰が誰やら、その場にいる全員がひどく泥酔し、早乙女でなくても見分けがつかなくなっている。でも俺は、お前らが好きなんだよ。誰かがそう思っている。

山上甲哉

その翌朝、目を覚ますと僕はホテルのスイートルームのソファに寝転がっていた。EとJとMは、キングサイズのベッドで雑魚寝している。Mだけが靴を脱いでいるが、コートは着たままだ。早乙女の姿が見えない。きっと、おみくじプログラムを引いて移動してしまった後だろう。僕は二日連続の深酒でうまく機能しない頭で、昨夜のススキノラフィラでの醜態を思い出した。七時を過ぎる頃から客がどっと増え、僕たちが飲んでいるテーブルを奇異な目で見る人も多かった。確かにメンバー構成からして奇妙に映ったかもしれない。結局閉店時間が来るまで飲み続け、ミナちゃんではない店員に野良犬を追い立てでもするように店から出された。上機嫌のEが早乙女も含めた皆をタクシーに乗せ、この辺で一番良いホテルへ乗り付けたのだ。僕は出張があるので誘いを断ろうとしたのだが、Eは聞き入れなかった。途中の記憶は曖昧だが、流れに逆らえなかった。この部屋に着いてからもルームサービスでパスタとワインを頼み、Eは宴会の続きをしようとしたのだが、一時間も経たずに他の皆が寝てしまった。

早乙女の朝の様子を想像してみる。もう一方のソファで僕より先に起き上がり、ノートPCを取り出して、やっぱりおみくじプログラムにこう入力したんだろう。「私はどこに行くべきか」

おみくじプログラムはその入力パラメーターに対し、様々な処理を経由して二つの数字、広い世界のどこかの緯度と経度を叩き出した――はずだが、たった今ベッドルームから起き出してきたEが、「早乙女の行き先はわかっている」と断言する。Eが言うには、昨晩の内に眠っている早乙女のバッグからパソコンを取り出し、プログラムを改変したらしい。そして次の結果には、僕の今日の出張先が出るようにしておいたそうだ。

「君は仕事熱心だからな。これなら、今日も一緒に行けるだろう?」

世界一かもしれないほど優秀な頭脳を使って、そこまでするEの情熱は理解不能だが、彼はまだ皆で一緒にいたいらしい。「早乙女がどこに行くのか、何を見つけるのか、僕たちが見届けてあげないとね」

Eに急き立てられ、僕たちは直ちに荷物をまとめてチェックアウトした。一番早い便で新千歳空港を発っても、僕の出張先のアポイントに間に合うかどうか微妙な時間になっていた。空路で岩手の花巻空港に降り、そこからはEの財力に甘えて、タクシーを飛ばして数時間かけて宮古市に向かう。そして今、僕は二台に分乗したタクシーの先頭車両にEと一緒に乗っている。Eは鼾をかいて眠り込んでいる。タクシーのメーターは三万五千円まで跳ね上がっているが、あと二十分くらいで一件目に到着する。Eのおかげで約束の時間を守れそうだ。今日は地元の水産加工メーカーを回る予定で、狙いは蝦夷アワビの加工品の買い付けだ。

水産加工会社の門の前に乗り付けると、そこには本当に早乙女が立っている。みぞれ混じりの雪が降る路上で、僕たちが追ってきたことも、この寒さも、何も気にしていないような素振りでいるのを見て、逆に可哀想になる。後続のタクシーを降りたMが、早乙女を指差して、ああ、いました、いました、と嬉しそうに近づいて来る。

「まったく、一体、どこに行くつもりなんですか?」とMが聞いても、早乙女は応えない。早乙女はその問いに対する答えを持っていない。

Mが重ねて何か言おうとした時、それは起こった。

まず音があった。ごごご、という地響き。この音には聞き覚えがあった。地震だ。脊髄反射で体が強張る。凄まじい揺れが来る。立っていられず、その場に座ることもままならない。地面に手を添えようとして中腰になる。その地面が揺れに揺れている。fuck! と連呼するJの声が聞こえる。Eはクラウチングスタートのような格好で顔を上げ、虚空を凝視している。そのEと視線が合う。地震だよ、と僕は呼びかける。音と揺れの只中にあって、はりつけられたように、誰もそこから動くことができない。僕の脳裏は、薄闇とも薄められた白ともつかない空白で埋められ、そこに突如、巨大な矛が出現する。それは天と海の境目を刺し貫き、無限の馬力で回転する。ぐるぐると、時間を巻き戻すみたいに。一つ前の大地震の記憶が蘇る。これまでに経験した天変地異の記憶が、幾重にも重なっていく。随分と長く生きてきたものだと、こんなときに妙な感慨が込み上げる。大振りの横揺れが続く。少し弱まったかと思うとまたぶり返し、段々と体が馴染んでくる。十六年前の地震とは揺れ方が違うな、と思う余裕が出てくる。阪神・淡路大震災。あの時は下からどんと突き上げるような一発の衝撃があり、それからがたがたと横に揺さぶられる感じだった。不安気な顔のJに、揺れ方の解説をするみたいに話しかける。その間も立っていられないほどの揺れは続いたが、やがて弱まり、今度はぶり返すこともなく止まった。

目の前の取引先の社屋はほぼ無傷のようだった。アポイントには行かなくていいだろうな、と僕は場違いなことを思う。住宅街に煙が上がっているのが目に入る。古そうな家屋も多いから、半壊、あるいは全壊しているところもあるだろう。次に取るべき行動はなんだ？ と考えていると、加工会社の社屋から作業服姿の人が出て来た。僕は少し迷ったが、来社する予定の僕の行方がわからないと心配をかけるかもしれないと思い、社名と名前を伝えた。その白髪の社員は落ち着いた態度で、これから津波が来ると言う。「海岸には十メートルの堤防があっから、まぁず大丈夫だぁべぇ。それだぁども、やっぱす避難した方がいいべぇねんす。川の方も危険だべぇ。このあだりに住んでいる人だちは高台さ向がうがら、それについでいけばいいのす。避難場所の標識もいっぺぇ出でっから」どうやらここは、津波というものをいつも気にしながら生きてきた町らしい。

付近の住人たちは、まだ避難を始めていない。とりあえず海と反対方向に向かって歩いていると、ぺしゃんこにつぶれた民家の前を通りかかった。瓦礫から煙が上がっている。今は細い煙だが、放っておけば火柱に膨れ上がるかもしれない。それより、もしかしたらこの下に人がいるのではないか。土地に不案内とはいえ、ただ避難するだけでいいのだろうか？大丈夫ですか、助けが必要ですか、とMが瓦礫にむかって叫び、耳を澄ます。何も反応はない。

と、前方から若い男が三人連れ立って歩いて来る。彼らは海の方へと向かっている。声を掛けると、津波を見に行くのだと言う。ここは世界一高くて長い防波堤に守られている、と。「台風の日も見に行ったども、今日は風もねぇす。なにも心配ぇすっことはなぇ。あのぐらい揺れだんだから。すんげぇ波が見られっつぉ」若者たちの高揚した様子に面食らっていると、どうして逃げる必要がある？　とEが考えているのがわかった。Sが、Eの意識を覗いているのだ。Eはこう考えている。地震に津波、**大再現**。悪運の強い俺がこの場所に導かれたのは、ここに記念の旗を立てるためじゃないのか？　世界は既に完成していて、それが証明されたことを祝すために。他の誰でもない俺こそが、防波堤の上に立って我々のいる現在地を見据えなければ。津波が壁にぶつかって砕け散り、あえなく退散していく様を見なければ。大チャンスじゃないか。ここ先進国で、津波は人類のコントロール下にある。完全にブロックできる。

民家の瓦礫の前に立つ僕たちに、Eはそのように思ったままを語る。僕は昨夜の酒宴を思い出す。あの時に何かとても重要なことを話し合ったような、意気投合したような気がしていて、Eの馬鹿げた話に付き合ってもいいような気分になる。でもあれは酔っていたから調子付いていていただけで、今は全員が素面だ。早乙女はEの言ったことを真剣に検討している。自分にしても、おみくじプログラムの偶然によってここに導かれた。つまり、ここには見るべきものがあるんじゃないか。人生で初めて大きな地震を体験したJは、次に来る脅威を気にしている。津波が来てしまうぞ、何をぐずぐずしてるんだ？

「君たちは好きにしてくれ。僕は見に行くよ」

Eは吹っ切れたような笑みを浮かべ、こちらに手の平を向けてから踵を返した。Mは困り顔で僕ら三人を順繰りに見て、それからEについて行く。しばらくその場を動けずにいると、今度は早乙女がその後を追い始めた。早乙女の後ろ姿を見つめながら、僕はまた大きな矛のことを思い浮かべている。逆向きに回転する天の沼矛。国生みのやり直し、**大再現**。そうする内にやっと、僕にはわかってくる。違う、これは**大再現**などではない。Eが思っているようなものではない。

その頃には、近所の住人たちが小走りで高台の避難所に向かっている。Jにはそれについて行くように言い残して、戸惑う彼が歩き出したのを確認してから、僕はEたちの方に向かう。だが、曲がり角の向こうまで行ってしまった彼らの姿は既に見えなくなっている。僕はEと、EにどこまでもM忠実なMのことを連れ戻すことができない。僕が追いつく前に、二人は海岸の防波堤に辿り着く。Eはその上に立ち、望み通りに、我々のいる現在地を見るだろう。

圧倒的な嵩の水が押し寄せて来る。その水が立てる音の、音として知覚し得ないほどの圧力が空気を震わせている。大気とともに肌も震えている。体の組成がほとんど水なのだということを思い出す。体の組成のほとんどが水で、残りのほとんどがカルシウムや塩で。体は何よりも海に似ている、そのことを。その海がやってくる。世界有数の高い壁を越え、あるいは圧力で踏み潰し、ところどころ白く泡立った海が、轟音とともに、まるで時間を巻き戻すように、我が身によく似た生き物たちを、包み込むように、しかし十分暴力的に、原初そのもののような海が、全てを壊しつくすように、元の場所にしまいこむように、全ての境界を取り払うように、まるで時間そのもののような、その海がやって来る。

S

Sは一人である。波に飲まれるEの意識にぎりぎりまで寄り添い、辛くも逃げ出した早乙女の意識に寄り添う。逃げ遅れた者たちは、圧倒的な量の海に押しつぶされ息絶えてしまった。もはや彼らの意識を感じることはできない。Sは早乙女の意識に集中する。防波堤に向かう途中で引き返した早乙女は、全速力で走っているところだ。まだだ、と叫びながら。違うんだ、まだだ、まだだ。だがその声は、束の間の友人たちには届かない。限界も忘れて、早乙女は走っている。走る早乙女を何台かの車が抜く。その内に一台のミニバンが止まり、早乙女を車内に引き入れる。車はすぐにまた走り出す。早乙女は車の中で、破裂しそうなほどの心臓の鼓動と激しい呼吸に耐える。Sはしばらく、細い糸で心臓が縛りつけられるような苦しさと、脳のしびれを味わってから、早乙女の意識から離れる。数多の人間の意識を、遠い潮騒のように感じながら、Sはただそこにある。

そうして、僕は？

僕はもちろん人間である。人間に関することで、僕に無縁であるものは何もないと考えている。既に山上甲哉ではなくなったが、いずれまた近い内に名前をもらうことになるだろう。

それまでの間、しばしSを見習うことにする。
ほんの束の間、僕は、休息するのだ。

初出
「新潮」2015年12月号

装画
三瀬夏之介
「J」
2008
Courtesy of imura art gallery

装幀
新潮社装幀室

異郷(いきょう)の友人(ゆうじん)

著 者
上田岳弘(うえだたかひろ)

発 行
2016年1月30日

発行者 佐藤隆信
発行所 株式会社新潮社
〒162-8711 東京都新宿区矢来町71
電話 編集部 03-3266-5411
読者係 03-3266-5111
http://www.shinchosha.co.jp

印刷所
大日本印刷株式会社
製本所
加藤製本株式会社

乱丁・落丁本は、ご面倒ですが小社読者係宛お送り下さい。
送料小社負担にてお取替えいたします。
価格はカバーに表示してあります。

ISBN978-4-10-336733-8 C0093